सौम्य मालवीय

सौम्य मालवीय का जन्म 25 मई, 1987 को इलाहाबाद, उत्तर प्रदेश में हुआ। दिल्ली स्कूल ऑफ़ इकोनॉमिक्स के समाजशास्त्र विभाग से उन्होंने गणितीय ज्ञान के समाजशास्त्र पर पी-एच.डी. की डिग्री प्राप्त की है और इसी विषय पर अंग्रेज़ी में सतत लेखन करते रहे हैं। दिल्ली विश्वविद्यालय के कई महाविद्यालयों में अध्यापन के बाद लगभग दो वर्ष अहमदाबाद विश्वविद्यालय से सम्बद्ध रहे और वर्तमान में भारतीय प्रौद्योगिकी संस्थान, मंडी, हिमाचल प्रदेश के मानविकी एवं समाज विज्ञान विभाग में सहायक प्राध्यापक के पद पर कार्यरत हैं।

वे लम्बे समय से कविताएँ लिख रहे हैं और अनुवाद में भी गहरी रुचि रखते हैं। गणित पर समाजशास्त्रीय दृष्टि से जारी शोध एवं लेखन के अलावा, वे नृतत्वशास्त्रीय परिप्रेक्ष्य से गजानन माधव मुक्तिबोध के जीवन और कृतित्व पर एक मोनोग्राफ़ लिखने में संलग्न हैं। 'घर एक नामुमकिन जगह है' शीर्षक से उनका एक कविता-संग्रह प्रकाशित है, जिसे 2022 के 'भारतभूषण अग्रवाल कविता पुरस्कार' से सम्मानित किया गया है।

ई-मेल : saumya.najim@gmail.com

एक परित्यक्त पुल का सपना

सौम्य मालवीय

लोकभारती पेपरबैक्स

लोकभारती पेपरबैक्स में
पहला संस्करण : 2024

लोकभारती पेपरबैक्स : उत्कृष्ट साहित्य के लोकप्रिय संस्करण

लोकभारती प्रकाशन
पहली मंजिल, दरबारी बिल्डिंग, महात्मा गांधी मार्ग
प्रयागराज-211 001
द्वारा प्रकाशित

शाखाएँ : 1-बी, नेताजी सुभाष मार्ग, दरियागंज, नई दिल्ली-110 002
अशोक राजपथ, साइंस कॉलेज के सामने, पटना-800 006
1, अनमोल सोराबजी सन्तुक लेन, धोबी तलाव, मरीन लाइंस, मुम्बई-400 002
वेबसाइट : www.lokbhartiprakashan.com
ई-मेल : info@lokbhartiprakashan.com

विकास कंप्यूटर एंड प्रिंटर्स
ट्रॉनिका सिटी-201 102
द्वारा मुद्रित

मूल्य : ₹299

EK PARITYAKT PUL KA SAPNA
Poems by Saumya Malviya

ISBN : 978-81-19996-86-5

बबलू चाचा (वसु मालवीय)

नाना (रामजी पांडेय)

दादा (ईशा मालवीय)

और

वर्मा जी (प्रो. लाल बहादुर वर्मा)

के लिये

जिन्हें मैं याद ना बना सका। शायद इन कविताओं को बना सकूँ।

क्रम

बस एक मिनट

ये कविताएँ नहीं मेरी बीती हुई उम्र का गट्ठर है। उम्र केवल मेरी ही नहीं, ये कविताएँ इस समय से सनी हुई हैं। वक़्त के ग्रीस से लिपी-पुती। एक चश्मदीद का बयान। अगर इनका मूल्य सिर्फ़ इतना ही माना जाए तो बहुत होगा। इनमें उन तमाम कविताओं की स्मृतियाँ भी शामिल हैं जो नहीं लिखी गईं। जिन्होंने गुज़र जाने का मन बनाया और मैंने उन्हें रोका नहीं। बहुत सी ऐसी कविताएँ जिन्हें लिखने के औज़ार मेरे पास नहीं थे। उन्हें मैंने किसी साये सा महसूस किया पर समझ नहीं सका। इनमें से अधिकांश को लिखने में मुझे गहरी वेदना से गुज़रना पड़ा है और लिखने के बाद किसी विशेष लेखकीय तृप्ति की अनुभूति हुई हो ऐसा भी नहीं। जब भाषा, अभिव्यक्ति, विचार और संवेदना को वर्ग की भुजाओं की तरह विन्यस्त करना चाहा भी तो केवल आधे से भी आधा वर्ग-मूल ही मिला। पर फिर भी जब मैं इनको देखता हूँ तो एक कृतज्ञता अनुभव करता हूँ। मैं इनके साथ बड़ा हुआ हूँ और इनके साथ मैंने अपनी ज़िन्दगी को अर्जित किया है। जैसा भी। इनके रास्ते इस ज़माने की हक़ीक़तें मेरी रगों में उतरी हैं और मुझे वो बनाया है जो मैं हूँ। दिल और दुनिया के बीच निकल रही एक पगडंडी। पर क्या केवल मसाइल-ए-दिल-ओ-दुनिया ही इन कविताओं के 'प्रौम्प्ट्स' रहे हैं...

मुझे चौंका जाते रहे हैं शब्द जब अपने अर्थों के साथ सुनाई पड़ें। कहने का मतलब ये भी, कि किसी शब्द का अपने अर्थ के साथ अभिन्न होना धीमे-धीमे दुर्लभ होता गया है। ऐसे वक़्त में यदि कोई सॉस्यूर की तरह कहे कि संकेतक और संकेतित का रिश्ता यादृक्षिक है तो उसकी बात सच ही लगेगी। यह केवल एक राजनैतिक संकट नहीं है। उससे कहीं गहरा और संगीन मामला है। जीवनरूप, प्रकृति और मनुष्य के अन्तर्सम्बन्ध, पृथ्वी के पारिस्थितिकीय संवेदन बिन्दु

जिस गहन तनाव से आज गुज़र रहे हैं, वह मानवता के इतिहास में अभूतपूर्व है। चारों ओर ध्वस्त होती पारिस्थितिकी, ब-याद-ए कुँवर नारायण, यदि भाषा की ध्वस्त पारिस्थितिकी के रूप में लक्ष्य हो तो आश्चर्य कैसा। ऐसे में भाषा और शब्द को लेकर एक सिनिसिज़्म सा व्याप जाना भी स्वाभाविक है। या तो चिह्नों की अन्तहीन फिसलन के आगे समर्पण कर, उसे ही आख़िरी और अकेला सच मान लेना, या तो किसी भाषामुक्त पदार्थवाद की शरण में जाकर, विज्ञानवाद के नये-नवेले और सबसे प्रचंड रूप से समझौता कर लेना। ऐसे सिनिकल समय में कविता की ओर जाना ही अपने आप में भाषा की उस अन्तर्निहित और आर्त पुकार के प्रति सजग होना है, जो भाषा क्या, जीवन और संस्कृति में भी अलग-अलग स्तरों पर उद्घाटित हो रही है। पर इसके भी ख़तरे हैं। कविता भी संस्कृति के उन पैकेज्ड रूपों में आसानी से शुमार हो सकती है, होती ही है, जो उपभोग की सान पर चिकनाये गए हैं। इसलिए कविता के पास जाना ही नहीं, बल्कि उस स्पेस का निर्माण करना जहाँ कविता के माध्यम से भाषा और जीवन, मार्क्स का कौल करें तो, अपनी 'यूज़ वैल्यू' को पुनराकांक्षित कर सकें, उससे भी कहीं महत्वपूर्ण है। मेरे लिए कविता लिखना उसी स्पेस को बनाने की जद्दोजहद का नाम है। तमाम असफलताओं और विचलनों के बीच भी कम से कम यह भाषा, जीवन, और सम्भावना में आस्था, बल्कि उनके प्रति एक तरह की ज़िद का सूचक तो है ही, जो महज़ निषेध से पैदा नहीं होती। मेरा मानना है कि प्रतिरोध की राजनीति और कविता दोनों के सामने आज सबसे बड़ी चुनौती यही है कि केवल निषेधात्मक होने के बजाय सर्जनात्मक कैसे हुआ जाए। पर जैसाकि अंग्रेज़ी में कहते हैं ईज़ियर सेड दैन डन, और फिर कविता किसी एजेंडे की चेरी तो नहीं कि किसी घोषित लक्ष्य के साये में लिखी जाए। यहाँ संघर्ष जितने ही महत्वपूर्ण, निराशा और अवसाद भी हैं। आख़िर अस्तित्व की आनुषंगिक वेदनाएँ विभिन्न स्तरों पर व्याप्त हैं और उनकी गरिमा रखना, साथ ही अपने युग की मायूसी को सलीब की तरह पहनना भी तो कविता का काम है। मुक्तिबोध का सवाल 'पार्टनर तुम्हारी पॉलिटिक्स क्या है?' आज 'पार्टनर जीवन से तुम्हारा रिश्ता क्या है?' के रूप में उपस्थित है, बल्कि पहला सवाल आज दूसरे में निहित है। जीवन को अपने सर्वांगीण अर्थों में ग्रहण करना और उन अर्थों को भाषा में खुलने देना, साथ ही, मुक्तिबोध के ही एक प्रिय शब्द का सहारा लें, तो अपनी 'सतह' के यथार्थ से प्रामाणिक रूप

से जुड़ना या कहें कि सेल्फ़-रिफ़्लेक्सिव होना, आज की कविता की बड़ी चुनौती है। यह पर्यावरण, राजनीति, भविष्य इत्यादि के सवालों से जूझने की माँग से लेकर जीवन और कला में ईमानदार होने की कसौटी भी है।

चलते-चलते, (भला ये जानने में आपकी क्या रुचि होगी, पर फिर भी), मुझे ये महसूस होता है कि इन कविताओं के साथ कविता और ज़िन्दगी का एक दौर पूरा हुआ है। मानो इस संग्रह के बहाने मैं इन कविताओं से विदा ले रहा होऊँ। आगे की रह कैसी होगी पता नहीं, पर मुझे यायावरी का मन है, भाषा और भविष्य के जंगल में और-और धँसते जाने का। यह आगे की रह कविता की ही हो ये भी आवश्यक नहीं। पर अब मैं इन कविताओं को याद बना देना चाहता हूँ। किसी चीज़ का याद बना दिया जाना एक मृत्युलेख ही हो ये ज़रूरी नहीं। इसका मतलब यह भी तो हो सकता है कि आप उसके संग अतीत रूपी अन्तरंगता और निस्संगता दोनों के साथ जीने में सहज हो गए हैं। ये कविताएँ इस संग्रह में इसलिए हैं क्योंकि मैंने इनके साथ 'ट्रूस' कर लिया है। (या ये कहकर मैं सिर्फ़ अपना दिल बहला रहा हूँ?)

आगे इन कविताओं और इस संग्रह के बारे में सिर्फ़ वही दोहराना चाहता हूँ जो रेणु 'मैला-आँचल' के लिए कहते हैं—'इसमें फूल भी हैं शूल भी, धूल भी है, गुलाब भी, कीचड़ भी है, चन्दन भी, सुन्दरता भी है, कुरूपता भी—मैं किसी से दामन बचा कर निकल नहीं पाया।'

मैं अपने इसी चाक और चितकबरे दामन को आपको सौंप कर मुक्त होता हूँ।

—सौम्य मालवीय

27 दिसम्बर, 2023
(आसावरी, चचा ग़ालिब और सलमान ख़ान की
यौम-ए-पैदाइश पर)

मुड़ती हुई ट्रेन की खिड़की से

मुड़ती हुई ट्रेन की खिड़की से
देखा मुड़ती हुई ट्रेन को

सुरंग में घुस रही ट्रेन
पीछे छूट गए पुल पर
अभी भी सरक रहे डिब्बे

बोगियाँ जो प्लेटफ़ॉर्म से पहले थीं
वे जो प्लेटफ़ॉर्म छोड़ रही थीं

ज़िन्दगी को भी अक्सर
इसी तरह देखना चाहा है

एक हिस्सा अतीत में
भविष्य में दाख़िल हो रहा दूसरा

वर्तमान की छड़ों पर टिमकती पुतलियाँ टिकाए
सरसराते हुए बालों को पीछे करते

मंज़र को नमकीन पानी में घुलने से

यक-लख़्त बचाते हुए।

भोले बर्बरो!

[5 जनवरी 2020, जेएनयू पर लगभग 50 नक़ाबपोशों के कायराना हमले के बाद]

निश्छल नफ़रत से बुझे
अलक्ष्य तीरो!
मैं तुम्हारा बहुत आभारी हूँ
कि तुमने गहरी नींद में
सोई आपसदारी को
अपने दंश से जगा दिया!

प्यारे आततायियो!
कितना शुक्रगुज़ार हूँ तुम्हारा
क्या बताऊँ!
कि तुमने हदें पार करके
जन-जन को अपनी हदों से
हकाल दिया!
न्यारे नाक़ाबपोशो!
कितना अहसान है तुम्हारा
कि तुमने,
एक बेचेहरा समय को
मोहब्बत से तमतमाये
इतने चेहरे दे दिये!
भोले बर्बरो!
बड़ा रहम
कि तुमने आदिम-अवज्ञा पर
छाया झिझक का कुहासा
अजाने ही छाँट दिया!

हे प्रगल्भ माननीयो!
तुम्हारी इनायत की
इन्तेहा नहीं
कि तुमने समाज की
सारी मूर्खता
अपने पर लपेट कर
समझ की ज़रुरत
याद दिलाई!
ओ पंकदल की पत्तियो!
तुम जैसे उदार उर्वरक
ना होते, तो क्या हम
देख पाते ऐसी
हरी-भरी लहलहाहट?
ओ परम्परा के पत्थरो!
तुम ना मचलते तो
क्या कभी सोच पाते कि
दिमाग में क्या भरा है?
तुम्हारी वाचालता ने
लौटाया धर्म का धैर्य,
तुमने पहचनवाई
अपनी अनीति से
नीति की गरिमा,
समझाई
सनकी सदाशयता से
स्वतंत्रता की संप्रभुता
और संस्कृति की
सरमायेदारी से
सृजन की स्फूर्ति!
शुक्रिया!
शुक्रिया!
शुक्रिया!
पर अब तुम्हारी भूमिका
समाप्त हो गई लगती है

लाड़ले लालचियो!
तुमने सारा सोना
एक बार में
पाने के चक्कर में
मुर्गी ही मार दी है!
तुम नहीं चाहते हुए भी
लोकतंत्र की बारिश में
हुआँ-हुआँ कर चुके हो!
और तुमपर चढ़ा नकली रंग
बीच जंगल
तारीख़ की राहों पर
बह चुका है!

कितना बहुत होता है?

कितना ख़ून बहुत होता है कि
हत्याएँ, हत्याएँ मानी जाएँ
कितनी औ किस-किस तरह की गवाहियाँ बहुत होती हैं कि
बलात्कार, बलात्कार माने जाएँ
क़िस्मत की कितनी मेहरबानियाँ काफी हैं कि
जाति, जाति, औ नसल-परस्ती, नसल-परस्ती मानी जाए
यूँ तो पानी सर के ऊपर चला जाता है
बच्चों की मच-मच भर से
ट्रैफ़िक से ख़ून उबलने लगता है
कुछ ही मिनटों में
नई कार,
साल बीतते-बीतते ही पुरानी पड़ने लगती है
घर हर दीवाली के पास
पोचाड़ा खोजने लगता है
भ्रष्टाचार
एक नैतिक प्रश्न बन जाता है झट से
ईमेल का जवाब तुरत ना मिलने पर
अवसाद की दवा फाँकनी पड़ती है
काम-वाली किसी दिन ना आए तो
आत्म-दया और अपने साथ घोर विश्वासघात का भाव
पहर-पहर गहराता जाता है
भीख के लिए बढ़े हाथों को देखकर तो
श्रम की महिमा याद आ जाती है सेकंड भर में
वक़्त लगता है पर धीमे-धीमे गले के नीचे उतर जाती हैं ये बातें भी,
कि पृथ्वी सूरज का चक्कर लगाती है
कि प्राकृतिक उद्विकास जैसी कोई चीज़ है

या फिर पर्यावरण शायद हमारी वजह से संकट में है,
पर कितनी मिलों पर ताले पड़ते हैं कि
मेहनतकश, मेहनतकश माने जाएँ
रोटियों की कितनी तहों और कितने काम-सिक्त बिस्तरों के बाद
पत्नी पहले औरत औ फिर मनुष्य मानी जाए
प्रगति के कितने अध्यायों के बाद अपनी ज़मीन के लिए
ज़मीन से बाहर खड़ा किसान, किसान,
और आदिवासी, आदिवासी माना जाए
कितने क़ानून लगते हैं कि अपनी तय भूमिकाओं से निकलकर
कभी उन्हीं भूमिकाओं के लिए, कभी उनसे छूटने को बेचैन

जीवन की गरिमा के लिए जूझ रहे लोग
षड्यंत्रकारी ना माने जाएँ
कितने?

जबकि डिलिवरी ब्वॉय के क्षण भर देर कर देने से धैर्य की परीक्षा हो जाती है
सही मौका चूकने से शेयरों में नुक़सान हो जाता है
औ दिवालिया होने के कगार पे खड़ा प्रतिद्वंद्वी या रिश्तेदार आगे निकल
जाता है

कितने पाँवों के पलायन
कितनी गुमशुदगियों के बाद मन संवेदित होता है

जबकि किसी टहलती हुई मौत की ख़बर पर ॐ शान्ति का बेजान सा ट्वीट
रूखी उँगलियों से निकलता है और फुर्र हो जाता है

कितना बहुत होता है? कितना?

पल-पल की कीमत होती है, समझा

पर क्या हमारे इतिहास में वेटिंग चार्जेज़ नहीं होते?

लिंचिंग

मत मारो अब्बू को
काफ़ी है कि
कपड़े फाड़ डाले
दाढ़ी नोच ली
खींच लाए सड़क पर
यक़ीन करो
तुम्हारा मक़सद पूरा हो चुका
जिनसे नफ़रत सीखी
इतना बहुत होगा उनके लिए
ऐसा शोर-खूँखार जुमले
एक आदमी पर
क्यूँ ज़ाया करते हो!

मत पीटो चाचा को
अस्त्र की नमाज़ का वक़्त है
डर की छाया
उसके कद से दोगुनी हो चुकी
ठेले पर आज भी
सब्ज़ियाँ हैं ज्यों की त्यों
बिकी नहीं एक भी
कुछ शिकवे-शिकायतें हैं
अल्लाह मियाँ से
कुछ जान छोड़ दो
काफ़ी है कि
महल्ले में घुसने पर रोक है
चलो माना कि तरकारी तक

मुसलमानियत से तर है
धंधे पर भी तुम्हारी टेढ़ी नज़र है
पर ज़लील करने के बाद
मारना ग़ैरज़रूरी हो जाता है!
तरस खाओ!

बख़्श दो मामू को
बरसों से आता रहा है यहाँ
चूड़ियाँ बेचने
हिन्दू दिखने के लिए उसे
हिन्दू नाम रखने की ज़रूरत नहीं!
उसकी चूड़ियाँ तोड़ दी हैं
उन कलाइयों के सामने
काँच जिनके लिए
चुभन की मिसाल से
खनक की तर्ज़ तक
आयद रहा है

इतना बहुत है
बदन छलनी है
किरचों पे पड़ा हुआ
लहू ज़ेरे-पा है

भाई को जाने दो
सलमान नाम है उसका
'सलमान' शायद तुम्हें भी पसन्द होगा
फिरता है अपनी फटीचर मोटरसाइकिल पे
जिस पर मैं ही नहीं बैठती
कोई और लड़की क्या बैठेगी
कोई ख़ुफ़िया गैराज नहीं
जहाँ से उठाई हो ये खटारा
दूसरे दर्जे के लौंडे के लिए
इस्तेमाल कर छोड़ी हुई गाड़ी!
उसे पहले से मालूम है

अपनी औक़ात
पैंट उतारने से
तय नहीं होगी उसकी जगह
जो धूसर जवानी के धुंधले नक़्शे में
पहले ही कहीं खोई हुई है!

फुफ्फू तो यूँ भी बीमार हैं
सिलाई मशीन को थपथपाते पाँव
आज तक कहीं पहुँचे नहीं हैं
पिछले फ़साद में
जैसे-तैसे बची दूकान
यूँ लगता है जैसे इक दिन
उन्हीं का मज़ार हो जाएगी
कुर्ते पर जो
लाल-मटमैले फूल बना दिए हैं तुमने
वो बेज़ा हैं
काम तो उनकी सुई भर को
गद्दार कहने से भी हो जाना था!
रहम करो!

बख़्शो! रहम करो! समझो!
मुसलमान यूँ भी मर सकता है
बिना इन सबको मारे
क़ौम अहले-किताब है या नहीं, पता नहीं
पर मुल्क़ तो था, उस किताब को जलाओ
डोसे के खोमचे को तहस-नहस क्यूँ करते हो
क़ानून बनाओ,
बना ही रहे हो!
नफ़रत के नशे से क़ै नहीं होती
शायद इसीलिए
तुम्हें इल्म नहीं कि
ख़ौफ़ से बढ़कर है
बेगानगी का एहसास
और इसके लिए

इस उपद्रव की ज़रूरत नहीं
अब नहीं
ठंडे-बन्द कमरों से
महक़मों की मुस्तैदी से
निज़ाम की नेकनीयती से
चुपचाप हमवार रहो
बाप की गर्दन से
लटकी हुई बेटी
ये मंज़र अब शोभा नहीं देते देश को!
अब तुम भी उदार हो जाओ धीमे से
या धर्मरक्षा के लिए
चढ़ाई ही कर दो अफ़ग़ानिस्तान पर!
कब तक यूँ बाप-चाचा-मामू-भाई-फुफ्फू
क़त्ल करोगे
मेरे जैसे बच्चों के सामने!

कब तक यूँ लोहार-मोची-दर्जी-बेरोज़गार
या गलती से जो बन गए
डॉक्टर-इंजीनियर!

कोई बड़ा हाथ मारो मुसलमानों के नाम पर
जाग उठे हिन्दुओं के
ऐसे मामूली दुश्मन हों
अब वाक़ई जँचता नहीं
थोड़ा और क्रूर बनो!
अब रहम करो!
जम्हूरियत की आड़ में नहीं
अब जम्हूरियत के लिए मारो हमें!

बड़ी कुत्ती चीज़ है जीभ भी!

[अहमदाबाद नगर निगम द्वारा शहर की मुख्य सड़कों पर मीट, अंडे, और मछली बेचे जाने पर लगी रोक की ख़बर सुनकर]

बड़ी कुत्ती चीज़ है जीभ भी!
जाती है बार-बार वहीं
दुख रही जगह पर
ख़ून भी चखती है,
मिट्टी-सीमेंट भी
क्या खाद्य, अखाद्य भी
हाथ तो फिर भी जी-हुज़ूरी में अनुशासित हो जाते हैं
नहीं तो मोबाइलों में खो जाते हैं
पैर मार्च करने लगते हैं
जिधर हाँक लगाई गई है
आँखें वही देखती हैं जो प्रस्तुत है
पर ससुरी जीभ नहीं मानती!

कभी प्रसाद को जूठा किया
कभी अतिथियों की प्लेट से ही भोग लगा लिया!

गीली-मादक-रपटीली
अक्सर लपेट लेती है विचारों को भी
पेट में ढकेल देती है
और किसी से परहेज़ नहीं करती!

ऐसी चरम लोकतांत्रिक जीभ को नियंत्रित ना किया
तो बनेगा क्या भारत एक शुद्ध राष्ट्र?

(ये और बात है कि शुद्ध तो देसी घी भी होता है और क्या मज़ेदार मटन बनता है उसमें!)

इसलिए चटोरी जीभों का जिह्वाकरण करो!

जहाँ अंडे की खुशबू और गोश्त की महक से
संस्कारी जिह्वाओं पर जलपरियाँ लोटने लगें
लानत है ऐसे हिन्दू राष्ट्र पर!
अब यहाँ राष्ट्र की जीभ के अलावा और कोई जीभ नहीं लपलपा सकती!

माँसाहारियों की तो

बिल्कुल भी नहीं!

रफ़ी साहब

बहुत शोर है रफ़ी साहब
शहर में इमारतों का
बड़े सन्नाटे हैं दिलों में रफ़ी साहब
क़स्बे की रूह ऊब के कीचड़ में धँसी है
गाँव का जिस्म तार-तार है वीरानी से
शक़ज़दा हैं लोग परेशानकुन हैं
हाथ तहख़ानों में बन्द
पैर सहरा की ख़ाक छान रहे हैं
साँसें बबूल के झाड़ में फँसी हैं
निगाहों में ख़ौफ़ के जाले हैं
बड़ी चुप्पी है रफ़ी साहब
बड़ी दूरियाँ हैं
कोई आवाज़ नहीं जो पुकार ले
कोई साज़ जो उबार ले
कोई नदी नहीं जिसके किनारे रोएँ
किसी टीले पे बैठ उदासियाँ बोएँ
लोग लौटने पर आमादा हैं
ग़म को कमज़ोरी का नाम देते हैं
साथ को मजबूरी का नाम देते हैं
मन्दिरों में अजब बेरुख़ी है
मस्जिदों में ग़ज़ब बेबसी है
दफ़्तरों में कारकुन हैं कामगार नहीं
फ़क़त ज़िन्दा हैं हस्ती के तलबगार नहीं
बहुत बोझ है मन पर मश्विरों का
बहुत बोझ है ख़्वाबों पे तज़्किरों का
बस इक अय्याम है जो चल रहा है

लोग कहते हैं कि ज़माना बदल रहा है
हाकिम के चेहरे पे वही क्रूर हँसी है
वो चुनी हुई दुनिया भी बहुत दूर बसी है
बड़ी नारसाई है रफ़ी साहब
ऐसे में कितनी ग़नीमत है कि आप हैं
दुखों पर अब भी बरस रहा है
आवाज़ का महीन रेशम
सुबहें फूट रही हैं सुरों में संजोई हुई
कभी किसी बिछड़े हुए भजन का साथ है
दिल पर कभी किसी भूली ग़ज़ल का हाथ है
एक सदा है जो दश्त में मरहम लिए घूम रही है
एक बारिश है जो तारीकियों में झूम रही है
आप हैं रफ़ी साहब तो हम हारे हुए लोग
अब भी बराए-फ़रोग़ हैं
आप हैं रफ़ी साहब तो ये बिखरा हुआ मुल्क़
अभी भी हिन्दोस्तान है।

चिया ही जाने ये पैमाने

दो किलोमीटर नींद ले चुकी!
सत्तर किलो कर चुकी पढ़ाई!
दस-एक लीटर खेल चुकी है!
सौ रुपए हो चुकी लड़ाई!!!

पंद्रह मिनट का नाप दे चुकी!
एक हफ़्ता दे चुकी सिलाई!
कई महीने भाग चुकी है!
कई साल नापी ऊँचाई!!!

पंछी-पंछी बोल रही है!
सागर-सागर ले अंगड़ाई!
परबत-परबत डेग भर रही!
सोलह आने की जमुहाई!!!

तीन तिया तरह का गाना!
उल्टा-पुल्टा आबो-दाना!
चिया ही जाने ये पैमाने!
एक सेकंड का एक ज़माना!!!

शाहीन बाग़ की औरतें

[15 दिसम्बर 2019 से 24 मार्च 2020 तक दिल्ली के शाहीन बाग़ में महिलाओं द्वारा चलाए गए शान्तिपूर्ण और अहिंसक आन्दोलन को समर्पित]

जहाँ खड़ी हैं शाहीन बाग़ की औरतें
उनके पीछे गर खड़ा हो जाए मुल्क़
शायद फिर से आज़ाद हो जाए
जहाँ बैठी हैं शाहीन बाग़ की औरतें
उनके पीछे बैठ जाएँ मर्द
शायद मर्दानगी से उबर जाएँ
जहाँ इबादत कर रही हैं शाहीन बाग़ की औरतें
वहाँ रुकें वाइज़ तो अपनी नसीहतों से बाज़ आएँ
जहाँ मिल-मिला रही हैं शाहीन बाग़ की औरतें
ग़ौर फ़रमाएँ फ़िरक़े तो सब शरणार्थी हो जाएँ
जहाँ नारे लगा रही हैं
शाहीन बाग़ की औरतें
पहुँचे वहाँ क्रान्तियाँ, सुविधाओं के ठौर भूल जाएँ
जहाँ बच्चे खिला रही हैं शाहीन बाग़ की औरतें
देखें समझदारियाँ तो नादानियों के घर जाएँ
जहाँ से हुक़ुम-खिलाफ़ी कर रही हैं शाहीन बाग़ की औरतें
आए हुक़ूमत वहाँ तो अपनी बुनियादों में गड़ जाए
जहाँ ख़्वाब देख रही हैं शाहीन बाग़ की औरतें
देखे ख़ुदा तो अपनी नींद पर शरमाए
जहाँ हैं शाहीन बाग़ की औरतें
वहाँ से फिर से शुरू हो सकता है सबकुछ
समूची आदमीयत राख में मिलकर फिर से खड़ी हो सकती है
क़ुदरत हो सकती है क़ुदरत फिर से

क़ायनात शाहीन बाग़ के शामियाने सी तन सकती है
हम सब अपने गुनाहों से मुआफ़ होकर
फिर से शुरू कर सकते हैं इंसां होना
एक क़ौम, एक नस्ल की तरह मुक़म्मल होना
एक ख़ल्क़, एक ख़्वाहिश की तरह मुमकिन होना।

लकड़हारा इतिहास

[गढ़वा किला-शंकरगढ़ से लौट कर, 2003 की गर्मियों में]

इतिहास की मौन शब्दावलियों के
ज़ख़्मी अक्षर हैं हम

अनुगायक हैं उसकी छलनी कराह के
उसकी मुखर चुप्पी की आवाज़ हैं

उसकी छटपटाहट के चीथड़े हैं हम

हमें देख कर यूँ मत ठहरो यात्री
जैसे ठहर जाते हो तुम निष्क्रिय महासागर की छाती पर
चित्रित जहाज़ का सौन्दर्य देख कर

जैसे ठहर जाते हो तुम
बल्कि तुम्हारा घोड़ा ठिठक जाता है
और तुम मंत्रमुग्ध से निहारते रहते हो
बर्फ से लदे शांत जंगल को

अपने पैरों के नीचे मत महसूस करो
रौंदा हुआ इतिहास का समर्पण
अपने बगल में दबाए वल्दियत की पोथी
जिसे तुम इतिहास कहते हो
उसके साथ मिलकर हमारे इतिहास पर यूँ मत मुस्कुराओ

जंग लगी तोप में
मत सुनो अपने पुरखों की गर्जना

बूढ़े बुर्ज पर खड़े होकर
सीमाहीन सांध्यकालीन सन्नाटे की गहराइयों में

अपने विशाल राज्य की विलीन सीमाओं का
पुनर्गठन करते
मत खड़े रहो यात्री

हम असहाय असमर्थ प्रेक्षकों की कुंठा को
और ताप मत दो...

या फिर ठीक ही है तुम्हारा
इस तरह ठहरना और चले जाना
वरना हम जन्मों के गूँगे अगर चीख़ पड़े
तो जाने तुम्हारा क्या होगा!

तुम्हारे पाँव
घने दलदल में धँसने लगेंगे
और छायाएँ सब भाप बन उड़ जाएँगी!

इन उलटे लटके चमगादड़ों में
तुम्हें अपने पुरखे नज़र आने लगेंगे
इस टीले की कटीली झाड़ियाँ
तुम्हारे गिर्द लिपट जाएँगी

ये विजित पहाड़
एकाएक बेरहम चट्टानों के रूप में
तुमपर बरस पड़ेंगे

ये ख़ूनी गुम्बद,
ये विचिलित खम्भे,
ये बूढ़े बुर्ज,

ये इतिहास के अनगढ़ और अप्रस्तुत मतभेद

तुम्हें और तुम्हारे इतिहास को चकनाचूर कर देंगे!!

बुर्ज के नीरव सन्नाटे में
तुम्हारी कराह भी घुल जाएगी यात्री

इसलिए ठीक ही है कि तुम यूँ ही गुज़र जाओ
किसी गणितीय या वैज्ञानिक परिघटना की तरह
तुम यूँ ही पास से गुज़रते रहोगे,
अन्तहीन यात्रा के लिए अभिशप्त
और हम असम्प्रेषणीय इतिहास के पराजित इशारे
जीते जाने के लिए अभिशप्त

तो जाओ यात्री

इस निर्जन में सिरज लिया है हमने
अपना इक संसार

रोज़ शाम को
वक़्त के जंगल से लौटने के बाद
हमारा लकड़हारा इतिहास
रात भर तापता है अलाव हमारे साथ

और सुबह होते ही
अँगोछे से नींद पोछता हुआ
निकल पड़ता है काम पर

देखो शुरू हो गई है
वक़्त के जंगल में ठक-ठक।

ओ पिता!

[महावीर नरवाल के लिए]

पिता
पिंजरा टूटा तो नहीं
पर नंगा ज़रूर हो गया

न्याय हुआ नहीं, पर
बेनक़ाब हो गया अन्याय

मुक्ति नहीं मिली
पर खोखली हो गई क़ैद

पितृसत्ता ख़त्म नहीं हुई
पर बेटियों के साथ
पिताओं के हाथ लगे बिना
ख़त्म हो भी नहीं सकती
यह बात साबित हो गई

देखो,
नहीं-नहीं करके भी
बहुत कुछ हुआ
हमारे साझे प्रतीक्षा-काल में

क़फ़स ख़्वाबों से रौशन हुई
सय्याद को सय्याद की तरह
पहचाना गया
और इस बात की तस्दीक़ हुई

कि सच्चा इंसाफ़
सिर्फ़ इन अदालतों के
बस की बात नहीं!

ओ पिता
जीवन की तरह
तुम्हारी मृत्यु भी एक बयान थी
वैसे ही जैसे एक बेटी का
बाप को मुखाग्नि देना भी

मैंने तुम्हें आग को सौंपा नहीं
तुम्हें आग से माँग लिया है
मैंने तुम्हारा
अन्तिम संस्कार नहीं किया
तुम्हें जन्म दिया है

मैंने तुम्हें खोया नहीं
इस ज़माने के लिए
पा लिया है

ज़रा इक निगाह देखो
सलाम में उठी
मेरी तनी हुई मुट्ठी की तपन

चिंगारियाँ उड़ रही हैं
दिल धधक रहे हैं।

अब पानी बरसेगा तो

[कोविड-19 की दूसरी लहर के उपरान्त...]

अब पानी बरसेगा तो
सड़कों पर मटियाली नालियों में दुख भी बहेंगे

घर ही नहीं
भीगेंगे भीतर के सन्नाटे भी
बूँदें ज़मीन पर ही नहीं इस्तेमाल की हुई चीज़ों पर भी पड़ेंगी

धीमे-धीमे धरती की महक ढँक लेगी फ़ॉर्मल्डिहाइड की तीखी गंध
घनघोर ऐसा होगा की मुर्दागाड़ियाँ भी भीगती होंगी चुपचाप अस्पतालों के अहातों में

टप-टप टपकेंगी पीड़ाएँ छतों की दरारों से
जलध्वनियों के बीच ध्वनित होंगी कही-अनकही बातें
किसी कसक का सिरा मिलेगा-छूटेगा
दूर से देखी हुई लपटें रह-रहकर कौंधेंगी पानी के परदे पर

सहेज दी गई दवाइयों से निकलेंगे नयनाभिराम बरसाती कीड़े
सूने बिस्तरों पर उग आएगी असभ्य घास-अनाम फूल
टहकेगी ख़ामोशी-सीलेगी

जब पानी बरसेगा तुम तैयार रहना दुख के स्वीकार के लिए
अवसाद को निभाना पूरी शिद्दत के साथ-पीड़ा से परहेज़ मत करना
कच्चे आँगन में हरियाने देना विक्षोभ को
ग़ुस्से के चमकीले-सतरंगी साँपों को निकलने देना-कुचलना मत

इस बारिश अपने दुखों के लायक़ बनना
सहेज लेना उन्हें अब यह उम्र भर की लड़ाई है।

अब, जब उस घर में जाना

[कोविड-19 की दूसरी लहर में अपने प्यारे ताऊजी को खोने के बाद]

उस घर में यूँ मत घुसना
जैसे धड़ल्ले से घुस जाते थे पहले
बेल मत बजाना
जैसे बजाते रहते थे पहले
जब तक कोई निकल ना आए

खोलोऽऽऽ खोलोऽऽऽ
के शोर से मथ मत देना
अपने इन्तज़ार को
कोई आवाज़ मत देना

अगर दरवाज़ा हल्का सा उढ़का हो
साँकल ना लगी हो, तभी अन्दर जाना
वरना लौट आना

रोज़ पहुँचना उस चौखट पर
माथे से छूना किवाड़ों को
वापस हो लेना अगर कोई आहट ना मिले
पर कोई डरी हुई दस्तक मत देना

अगर कभी दाख़िल होना उस घर में
तो मृत्यु की तरह एकदम-अचानक नहीं
जीवन की चाप लिए जाना
भीतर पाँव रखते हुए
पुकारना मत उसे

उन अनुगूँजों को सुनना
जो उन चुप्पियों में व्याप गई हैं

'अजय भैय्याऽऽऽ'
'आय रहे हैंऽऽऽ'

कोशिश करना तुम्हारे जाने से
कुछ भी खंडित ना हो-टूटे नहीं
आहिस्ते चलना समृतियों की घास पर
कोई फूल मत तोड़ना
चाहे वह फिर दुख का ही क्यूँ ना हो।

उर्दू के स्कूल गए

[चिया की उर्दू मश्क़ के लिए]

अच्छे भले 'अलिफ़' होते थे
'बे', 'पे', 'ते' पे झूल गए
'से' ने ऐसा रोका रस्ता
उर्दू के स्कूल गए

'जीम' जीम के पढ़ने लग गए
'चे' से चच्च-चच्च-चा करते
'हे' से हे हे हे ही बेहतर
मरते तो क्या ना करते
'ख़े' की ख़ारिश लिये गले में
मोहन और मक़बूल गए

'दाल' 'डाल' के बड़े पेट में
'ज़ाल' की खूँटी पर लटके
'रे', 'ड़े', 'ज़े' की कड़ी ख़ुशामद
'झे' से छूट गए छक्के
'सीन' ने ऐसा 'सीन' बनाया
इटली इस्ताम्बूल गए

'शीन' बड़ा शाना निकला
सर पर काशाना निकला
'स्वाद'-'ज़्वाद' की खींचतान में
जी का जिमख़ाना निकला
'तोए'-'ज़ोए' ने लग्गी मारी
सारे जुर्म क़ुबूल गए

‘ऐन’-‘ग़ैन’ तक आते-आते
जान ज़रा जाँ में आई
‘फ़े’ ने थोड़ी लस्सी फेंटी
‘क़ाफ़’ ने कॉफ़ी पिलवाई
‘काफ़’-‘गाफ़’ की जोड़ी से मिल
कुप्पा-कुप्पा फूल गए

‘लाम’ पे जमकर सुस्ताए फिर
दुबले ‘मीम’ से बतियाए
‘नून’-‘वाओ’ की फिरकी ली
और ‘छोटी-हे’ से शरमाये
‘बड़की-छुटकी ये’ भी बोलीं
कैसे रस्ता भूल गए

हरी-भरी हो गई तबीयत
रहते थे सूखे-सूखे
मौसम ने हौले से फेरी
चेहरे पर ‘दो-चश्मी हे’

नस्तलीक़ के मोती बिखरे
बोले बहार को ओ रुक जा
मन की क्यारी पर दीवाना
बनकर इतराया हम्ज़ा

धीमे-धीमे उर्दू आई
ताक धिना धिन धिन धिन ना
आँ आँ आँ जब हुआ ज़ियादा
लगा दिया ‘नून-गुन्ना’

उड़ते फिरते हैं गलियों में
अब इसको-उसको समझाते
हल्क़े में मत लेना उर्दू,
आती है आते-आते

भई आती है आते-आते।

वो मजीद भाई का बयान नहीं था

मजीद भाई
ऑटो नहीं बैलगाड़ी चलाते हैं

कालूपुर से बोडकदेव पहुँचने में
एक सदी लगती है उन्हें
मानो कोई अन्तर्ग्रहीय यात्रा हो...

हो भी शायद

पीछे बैठी सवारी
हवा से कटी-फटी उनकी बातें
जिन्हें वे हल्का तिरछे होकर कहते हैं
या तो हूँ हूँ कर सुनती है
या झिड़क भी देती है कभी कि
आगे देखकर चलाओ
पर उन्हें फ़र्क़ नहीं पड़ता
बोलते ही जाते हैं घुरघुराते ऑटो के साथ लय बिठाते

एक बार यूँ ही कहते-कहते या कि बकते-बकते कुछ बोले मुझसे
शब्दों की कतरनें जोड़ीं तो सुना मैंने

देश का पहला वर्ल्ड हेरिटेज शहर है अहमदाबाद
आइए घुमा दें सारे हेरिटेज इलाक़े, उधर ही हैं जिधर रहते हैं...हम...लोग
एकबारगी मुझे लगा कह रहे हों, जिधर रहते हैं...हम...'हेरिटेज'...लोग
पर वे ऐसा नहीं कह रहे थे

पुराने, कालिख से नहाए, गांधी ब्रिज पर सरकते ऑटो में
बीते दौर के गीत गुनगुनाते, कभी दाँतों कभी होठों से बीड़ी दबाते
और बीच बीच में ऊपर लगे आशा पारेख के धुंधलाए चित्र को एडजस्ट
करते हुए
उन्हें ये कहने के ज़रूरत नहीं थी

यक़ीनन 'हेरिटेज' वाला वो मेरा सुना गया हिस्सा
मजीद भाई का बयान नहीं था।

एक स्थिति, जीवन-बीच

सूर्य को आत्मसात करते
नन्हें पौधे के हरित लवक
कुत्ते की गंध-अन्वेषी नाक
पंछियों की पांक्तेय उड़ानें
गिरगिटान की चक्करदार दृष्टि
केंचुए की भूधर्मिता
चूहे की व्यस्त स्वादेन्द्रिय
मकड़ी की तरंग-साधना
चीटियों के अनुशासित खोज-अभियान
छिपकली की आत्मविकासी पूँछ
फ़्लैट की बालकनी पर टँगा हुआ मैं
मेरा खोया हुआ चश्मा
भूली हुई किताब।

शहर के फूल

सेमलों से ढँकी है स्कूल बस की छत
अमलतास की अशर्फ़ियाँ दौड़ती हैं तपती सड़क पर
गुलमोहर की लाल ममाखियों से
भरा है गर्द-भरा-नीला-सा आसमान
बोगेनवेलिया से दोहरी है थाने की दीवार
जमे हुए मटमैले पानी में उतरे हैं गुलाचीन के गुल
गुमटियों की कठचौकियों पर जमी है नीम की गिरस्ती
पस्त डिवाइडर पर झूम रहा है कनेर
बन्द पड़े कारख़ाने में कारोबार आबाद है चमेली का
यूँ तो शहर कोई बाग़ नहीं, अता होते हैं मौसम इस पर भी
पर ये शहर के फूल हैं, इन्हें मौसम नहीं
शहर की बेज़ारी खिलाती है।

ख़तरा है!

ख़तरा है

जिनको ख़तरा है, उनसे ख़तरा है

ख़तरा है झूठ को बढ़ती हुई नाक से
ख़तरा है अहं को हृदय की माप से
पत्थर को मत्थे से
भीड़ को निहत्थे से ख़तरा है
ख़तरा है

जिनको ख़तरा है, उनसे ख़तरा है

बरहना लाशों से ख़तरा है क़फ़नों को
जलती चिताओं से ख़तरा है ज़हनों को
पेड़ों से जंगल को,
मौसम से मंगल को ख़तरा है
जिनको ख़तरा है, उनसे ख़तरा है

ख़तरा है अट्टहास को आस से
ख़तरा है सभ्यता को इतिहास से
धर्म को विश्वास से
रुई को कपास से ख़तरा है

जिनको ख़तरा है, उनसे ख़तरा है

भाषा से व्याकरण को ख़तरा है
चरित्र को आचरण से ख़तरा है

आमरण को मरण से
हरण को भरण से
लहर को सन्तरण से ख़तरा है

जिनको ख़तरा है, उनसे ख़तरा है

ख़तरा है आत्म-निर्भरता को आत्म से
ख़तरा है आस्था को अध्यात्म से
राख को अबीर से
नाथ को कबीर से ख़तरा है

जिनको ख़तरा, उनसे ख़तरा है

अधिनायक को जन से ख़तरा है
क़ाफ़िले को प्रदर्शन से ख़तरा है
बुलेट-प्रूफ़ को नारों से
जुमलों को चीख़-पुकारों से
कामना को तन से, बात को मन से ख़तरा है

जिनको ख़तरा है, उनसे ख़तरा है

कर्मयोगियों को कर्म से ख़तरा है
बन्धुत्व को चर्म से ख़तरा है
रीति को रिवाज से
मुखौटे को मिज़ाज से
समता को समाज से
आँधियों को कणों से
शिव को गणों से
नख़रे को कर्तव्य से
वक्तव्य को मंतव्य से
कल को आज से
गले को आवाज़ से
सड़क को नमाज़ से ख़तरा है

जिनको ख़तरा है, उनसे ख़तरा है।

वली के मज़ार पर एक सुबह

[जहाँ कभी वली का मज़ार था, आज वहाँ सड़क का डिवाइडर है...कोई आज भी फूल छोड़ जाता है वहाँ...अहमदाबाद पुलिस मुख्यालय के सामने... शाहीबाग़ अंडरब्रिज से ठीक पहले...ये कविता वहीं से लौटकर...]

वली
कोई फूल छोड़ जाता है वहाँ
जहाँ कभी तुम्हारा मज़ार था
डिवाइडर की रूखी, दानेदार, आवारा धूल में
तेज़ रफ़्तार गाड़ियों की हवा में काँपते फूल...

कोई रम्ज़ नहीं है इनमें

ये तुम्हारे लिए ही हैं
जैसे कोई चीज़ किसी के लिए होती है

क्या कहूँ मैं इस चुपरंग महब्बत, ख़ामोश इबादत, अटूट अक़ीदे को
यही तो नाम-सिमरन है, कृष्ण-भजन,
वही वैष्णव-जन जिसे पराई-पीर से वाबस्ता होना था!
कौन है वो रहमान, कौन हनुमान!
जो निभा रहा है भक्ति और आशिक़ी की रवायत को!

कोई भी हो
ये फूल तुम्हें ही निवेदित हैं
शायद स्वयं निवेदन ही हो
क्षणिक चक्रवातों के मध्य अमरजीवा लौ सा जलता हुआ
शीरीं ज़बान के शहद से भीगी पंखुड़ियाँ
रात के टूटे तारे-कुछ इलायची दाने

माटी में सूखा थोड़ा सा तेल
उम्मीद के इतने से असबाब!

ज़िन्दा रहती हैं बचाई हुई चीज़ें यूँ ही
एक विनयशील साहस के साथ
उन्मादी ग़ुबारों के गहन में, आला भर उजास
सड़क के पथरीले स्याह में, एक गुलाबी आस

वली, कौन है वो?
सच ही कहते हो तुम, छोड़ दें इस बात को
छोड़ दें तुम्हें भी वली!

याद रखें, यदि हो सके तो याद रखें इस नुमाइंदगी को
पुरक़हर ट्रैफ़िक के साये में
इस क़स्द-ए-ज़ियारत को याद रखें
ताकि कल,
दूर-कल नहीं, यहीं-नज़दीक कल!
तारीख़ के आईने में
कम-अज़-कम
अपना चेहरा तो पहचान सकें!

बेकली से भरे उस दौर में, 'वह हिन्दू है', 'वह मुसलमान है' कहना

हिन्दू पैदा हिन्दू होता था
फिर घटता-बढ़ता, खाता-कमाता, मारता-मरता
वह थोड़ा बढ़ा हुआ हिन्दू होता, थोड़ा घटा हुआ हिन्दू होता
या हिन्दू होना तक़रीबन बन्द कर देता
अक्सर ज़रा भी हिन्दू नहीं बचता,
मुसलमान पैदा पता नहीं क्या होता था, शायद मुसलमान? पता नहीं
बल्कि घटता-बढ़ता, खाता-कमाता,
वह हिन्दू होने के ख़तरनाक रूप से करीब होता था
पर मुसलमान पैदा जो भी होता हो
मारता-मरता वह मुसलमान ही होता था
नसीब की कचहरी में कुछ दस्तूर था यूँ
कि हिन्दू की सुनवाई हिन्दू होने के बाद शुरू होती थी
और मुसलमान की मुसलमान होने के साथ ख़त्म
बेकली से भरे उस दौर में, 'वह हिन्दू है' कहना, जन्म-प्रमाण पत्र था
'वह मुसलमान है' कहना,
पोस्ट-मॉर्टम की रिपोर्ट।

सुनो बादशाह!

[कोविड-19, दूसरी लहर के दौरान]

बादशाह
रियाआ फिर झूम उट्ठी है
तुम्हारे नए फ़रमान पर
तुम्हारी नई अदा
तुम्हारी नई पोशाक
तुम्हारे नंगेपन का नया रूप
फिर चौंधिया गया है आँखें
फ़रयादी इकट्ठा हैं
तुम्हारी एक झलक पाने को
भीड़ इतनी है कि तुम ख़ुद ही ख़ुद को पाओ जिधर देखो
सभी ने तुम्हारे चेहरे वाले मास्क पहने हैं
सब के भीतर तुम्हारे नाम का टाइम बम धड़क रहा है
इतना प्यार कहीं तुम्हें राजा से ऋषि ना बना दे राजन!
तुम्हारी गिलगिलाई हुई मुस्कान तो यही कह रही है
ये और बात है हुज़ूर-ए-आली कि
ना ये राज-पाट का समय है
ना फ़क़ीरी का
जो ख़ुद को रियाआ मान बैठा है
एक अभागा जम्हूर है
जिसे तुम अपनी सल्तनत समझ रहे हो
एक दम तोड़ रहा देश है
और जो तुम्हें अश्वमेध यज्ञ लग रहा है
आलम-ए-वबा की वीरानी है
ये चारों तरफ तुम्हारे घोड़े नहीं हैं चक्रवर्ती

एक वाइरस अपना अहद मुकम्मल कर रहा है
ज़िल्ले-सुब्हानी, दिलावरुलमुल्क़, शाहआलम
अगर सोचो कि यह तुम्हारी हुक़ूमत ही है
तो भी क्या ख़बर रखेगी आक़िबत तुम्हारी
कि वह सम्राट जो अपनी तहरीर से प्रजा के सीने में
नफ़रत का ख़मीर उठा सकता था
वही घुट रही साँसों को जान देने के लिए
ऑक्सीजन के दो बुलबुले तक ना उठा सका!
ओ माइटी किंग टेक अ डीप ब्रेथ
और उसे धीमे-धीमे छोड़ो
ये जो नक़्श उभरते देख रहे हो
ज़िन्दगी के नहीं ज़हर के हैं
पिछले कई हुक़्मरानों की तरह तुम भी
इसी मुग़ालते में हो कि तुम्हारी छोड़ी हुई हवा ही जीवन है
और लोग तभी तक ज़िन्दा हैं
जब तक वे तुमसे गुहार लगा रहे हैं।

चार्जशीट

[उमर ख़ालिद के मामले में दिल्ली पुलिस द्वारा अदालत के सामने पेश की गई चार्जशीट, जो एक भारी सन्दूक़ में रखकर लाई गई थी]

दूर किसी तारीख़ पर
ख़ुदाई में मिली एक पांडुलिपि,

कार्बन डेटिंग से
काल-निर्धारण हुआ, सन 2020

विशेषज्ञों ने कहा
अति जर्जर हो चुके पृष्ठों पर
बूँदें हैं ज़हर की
लिपि जैसे
प्रतिशोध की भंगिमाएँ हों
अन्तर्वस्तु एक आक्रामक चिढ़ में
विन्यस्त नज़र आती है
विस्तृत फ़ंतासी सी संरचना में
बिंधी हैं कई खूंरेज़ संख्याएँ
तथ्यों का हवाला
तथ्यों से बढ़कर है
और इतनी बृहद
होने के बाद भी
वो उतावलापन है
जो किसी गाली में होता है!

महासागर की तलहटी में
सन्दूक़ों में मिलने वाले

यूरेनियम के कचरे की तरह
यह भी मिली है एक सन्दूक़ में
एक सतत विकिरण
जारी है इसमें भी,
यह दस्तावेज़,
मालूम पड़ता है कि
उस सभ्यता का है,
जो अपने सभ्यता होने से
आजिज़ आ गई थी
हुक़ूमत जहाँ शिकार पे थी
नालियाँ एक दूसरे को
नब्बे के कोण पे काटने के बजाए
एक बिन्दु पे मिलती थीं
एक दुष्चक्र सा बनाती हुई
और हम्माम में
सब नंगे थे!

जीवित होने के कारण
इसे संग्रहालय में नहीं
प्रयोगशाला-निरीक्षण
में रखा जाएगा
फिर इसमें तो
उत्परिवर्तन के
गुण भी लक्ष्य हो रहे हैं!
और बातों की पुष्टि तो होती रहेगी
पर इतना तो स्पष्ट है कि
यह उस काल का
एक विलक्षण साहित्य है
एक अनोखी विधा का नमूना जिसमें,
आरोप लगाने के बाद
उन्हें महाआख्यानों में
पिरोया जाता है,
कम से कम
इतना तो बिना सन्देह के

कहा जा सकता है कि
उस दौर में
न्याय व्यवस्था
न्यायशील से अधिक
कल्पनाशील थी
जाँच तंत्र में
सनसनीखेज़ गल्प के
सामूहिक रचनाकर्म का अनुशासन था
और लेखकों से कहीं बढ़कर
सत्ता का मन लगता था
रूपकों के
व्यापार में।

वो नहीं रहा

वो नहीं रहा

वही जो अपने बच्चे को बिलानागा
स्कूल छोड़ने-लेने आता था
अपना पुराना स्कूटर वो
बाक़ायदे पार्किंग में लगाता
इतने कम समय के लिए भी
वो ये चक्कर मोल लेता

बच्चे का बैग उसकी पीठ से यूँ चिपका होता
जैसे चौड़ी दीवार पर कोई नन्हा सा स्टीकर
बच्चे को उसका बैग पहनाता
बोतल थमाता
और फिर उँगली पकड़ कर उसे स्कूल के
दरवाज़े पर छोड़ आता
वो वहीं रुकता जब तक
स्कूल की इमारत में बच्चे के साथ
बच्चे की छाया भी दाख़िल नहीं हो जाती

वह बाकी अभिभावकों को देखकर
मास्क नीचे कर मुस्कुराता
और दोनों पैरों पर खड़ी अपनी गाड़ी को
न्यूनतम धक्के के साथ उतारता
और उस पर यूँ सवार होता
जैसे पेड़ की डाल पर

बच्चे को लाने के लिए भी
वह समय से पर्याप्त पहले पहुँचता
धूल और धुएँ के ग़ुबार से
यूँ निकाल कर लाता अपने बच्चे को
जैसे घने जंगल से बनफूल
वह उसे पहले पानी पीने को कहता
फिर उसे उसकी कैप पहनाता
बच्चे से अपने दोस्तों से विदा लेने को कहता
और फिर उसका बैग टाँगकर
बोतल लटकाकर
हेलमेट यूँ पहनता जैसे
फ़ॉर्मूला वन का रेसर हो

पर इसके ठीक उलट
धीमे-धीमे गाड़ी चलाता हुआ
पीली बत्ती वाला इंडिकेटर देकर
मोड़ से ओझल हो जाता
इस दरम्यान वो लगातार बच्चे से
बात करता हुआ नज़र आता
उँगली से उसे कुछ-ना-कुछ दिखाता हुआ
लाल-बत्ती पर अपना स्कूटर
वो गाड़ियों की कतार के पीछे ही लगाता
और बत्ती के हरी होने के बाद ही
अपनी गाड़ी स्टार्ट करता
उसके आने में कोई हड़बड़ी नहीं-जल्दबाज़ी नहीं
अक़्सर घर के कपड़ों में ही बच्चे को छोड़ता-लेने आता
लोग-बाग यही सोचते उसे देखकर
बेकार होगा-बीवी कमाती होगी
तभी इतना समय है
उसकी आँखों से पता चलता कि
उसे मालूम है लोग उसके बारे में क्या सोच रहे हैं
और यह भी कि वह इस सबसे पूरी शाइस्तगी के साथ बेतकल्लुफ़ है

वो नहीं रहा

उसके नहीं रहने का कितना कुछ मतलब होगा
उसके घर-उसके बच्चे और कितने कुछ के लिए
पर उसके नहीं रहने का एक अर्थ यह भी तो है
कि वो अब कभी अपने बच्चे को स्कूल छोड़ने-लेने नहीं आएगा
उसका स्कूटर अब नहीं दिखेगा उस जगह पर
गुलमोहर की बारीक पत्तियों और यायावर तिनकों से ढँका हुआ

एक आत्मीय शालीनता के साथ वह सधी हुई भूमिका
अब नहीं निभेगी रोज़-रोज़
इस अनुपस्थिति का भी तो कोई मानी है
वरना क्या? एक ख़बर...वो नहीं रहा
कौन...वो...हाँ वही
वो नहीं रहा

ओह...इसीलिए आज इतने दिनों में पहली बार
उसका बच्चा स्कूल नहीं आया है।

सुसाइड नोट

अपना सुसाइड नोट ख़त्म करने के बाद
उसे वो मेज़ पर रखी रोज़मर्रा के सामानों की लिस्ट सा लगा
उसने कुछ सतरें और जोड़ीं, अब वो किसी गुज़ारिशी ख़त सा लगने लगा
ज़बान फेरबदल की, वो कुछ ज़्यादा ही फ़लसफ़ाई हो गया
थोड़ी और काँट-छाँट के बाद लगने लगा मानो कोई अकादमिक जिरह हो
या इल्म के पैंतरों से सना मज़मून
वह उसे घटाता, बढ़ाता रहा, ख़ुद को रखता, कभी हटाता रहा
कभी उसका शिकायती लहजा बस में करता
बेचारगी के इज़हार को छिपाने की कोशिश करता कभी
ऐसा करते हुए उसे मालूम ना पड़ा
कि कब उसका सुसाइड नोट एक कविता में बदल गया!

बेतरतीब पर अचूक, बाकी पर बेशक!
काग़ज़ पर उगी कविता देखकर
मौत अब उसे सेकंड बेस्ट ऑप्शन लग रही थी...

क्या ज़िन्दगी से लड़ते रहने के लिए
बस इतना ही काफ़ी नहीं है?

दादा

[दादी, जिन्हें मैं दादा कहता था...]

दादा की याद
दादा की तरह आती है
चुपचाप बैठी देखा करती है
जैसे दादा देखती थीं
जब मैं उनके पास बैठा
पढ़ता रहता था

सुपारी कटे होंठों के बीच
हल्की सी मुस्कान उभर आती है
जब मैं देखता हूँ उसकी तरफ
थोड़ा सा बतियाती है फिर
अपनी यादों में डूबती हुई
कोई ज़िक्र ढूँढ़ लाती है
फिर लेट कर छत ताकने लगती है

होंठों पे उँगली फिराती हुई
किसी बिसरे गीत को गाती
ख़ुद को बिसराती हुई

बीच-बीच में खाँसी का बादल
किसी ख़याल की तरह
बदन से बाहर आ जाता है
कुछ क्षणों के
व्यवधान के बाद
ज़रा ठहर कर

साँसों की चाक पर फिर से
ख़ालीपन के दिये गढ़ने लगती है

दादा की याद
दादा की तरह हल्के-हल्के
परदे हिलाती हुई
घर के जंगल में
किसी पहाड़ की छाया सी
बड़ी होती रहती है
देखने में बड़ी पर इतनी हल्की
कि झील की सतह पर तैर जाए
झील हो जाए...

इतना समूचापन तो
रिक्तता में होता है...

समय से निचोड़ा हुआ सूनापन

देहरियों पर हाँफते
ज़िन्दगी के वर्ष
ड्राइंग रूम में झरता
बचपन का पराग

बूढ़ी वेश्या की
हथेलियों जैसी दोपहर

उफ़्फ़! दुख की सादगी
हाय! सुख की लाचारगी

दादा की याद कभी जाती नहीं
बस उस पर कभी-कभी
रात सी ढल जाती है
थरथराते समन्दर

की तहज़ीब पर
काले मोम सी जम जाती है

जैसे कुछ शामों को
दादा जम जाया करती थीं
बाबा को किसी अदृश्य
राह से आता देखते हुए

चाचा के नाम की बारीक सी फाँक होंठों के खोखल में रखे हुए...

दादा वो शिल्प थीं
जिसने अपना पत्थर
छोड़ दिया था
कभी-कभी वही पत्थर
दोपहर के पानी में
कछुए की पीठ सा
उभर आता है।

बदलते मुल्क़ में क्या पता

हमारे बदलते हुए मुल्क़ में
क्या पता ऐसा जल्द ही हो
कि साम्प्रदायिकता एक ग़ैरज़रूरी शै में बदल जाए!

ऐसी ऊँचाई पर पहुँच जाए फ़िरकापरस्ती
कि बेमक़सद सी जान पड़ने लगे

हम अलग-अलग क़ौमों को
सहज ही अलग-अलग राष्ट्र मानें
और संस्कृतियों का दूर से सम्मान करना
हमारी विशेषताओं में शुमार होने लगे

हर जाति एक अलहदा 'कल्चर' हो
मानव-विज्ञानी जिसकी पड़ताल करें
और उसकी संप्रभुता पर पर्चे लिखें
छोटे-मोटे बलवों पर आक्रोश व्यक्त करे सभ्य-समाज
और एक घिसे हुए उपादान के
बेज़ा इस्तेमाल पर मलामतें भेजे
निष्प्रयोजन हो जाए नफ़रत
मीडिया मासूम हो जाए
और सुभाषित रचने लगें ट्रोलर्स!

दूसरों से मिलने पर लगने लगे टिकट
और 'अन्यों' के बीच जाना
किसी अभ्यारण्य की सैर सा मालूम हो
नाम हो जिसका 'डाइवर्सिटी-सफ़ारी' जैसा कुछ!

ऐसे सुनहरे भविष्य में सब जा सकें यह ज़रूरी नहीं
पर बेहद सम्भव है
सुना है रजिस्ट्रेशन चालू है
अगर आप नसों में घुले विद्वेष को ढँकते-छुपाते
एक दोहरी ज़िन्दगी जीने से तंग आ चुके हैं
तो कृपया 00000...
शून्यों की मनचाही फ़ेहरिस्त पर मिस्ड कॉल दें

राष्ट्र केवल रहने की जगह नहीं
एक फ़्यूचर स्कीम भी है
आप इन्वेस्ट नहीं करना चाहेंगे!

मन्दिर : 2020

मन्दिर ‘वहीं’ बनाएँगे से
मन्दिर ‘अभी’ बनाएँगे तक
निश्चित हुए मन्दिर के निर्देशांक
काल और दिक् की ज्यामिति में
मन्दिर को मिला एक तय घटना बिन्दु
भविष्य और भूत के प्रकाश शंकु मिले जहाँ
भीतर जिनके सिमट गए हम
अपनी सम्भावनाओं और कल्पनाओं सहित
एक धार्मिकता परिभाषित हुई
‘वहीं’ की भौगोलिक और ‘अभी’ की ऐतिहासिक ज़िद से
एक देवत्व बिंधा क़ानून की नोक पे
एक राष्ट्र टंग गया ‘एक्सक्लूसिव’ अस्मिता के ‘हैंगर’ पर
एक आध्यात्मिकता का हो गया शिलान्यास
एक सभ्यता बन गई, एक ‘लोकेशन’ का ‘फुटनोट’
और कितनी बड़भागी निकली वो प्रजा
जिसे महामारी के वक़्त मन्दिर मुबारक़ हुआ!

पलायन

[कोविड-19 के पहले लॉकडाउन के दरम्यान मज़दूरों के महापलायन पर]

सुन्दर-गोल भरी थाली... चावल का उजला-भुरभुरा पहाड़...तहें रोटियों की...अचार अँटा एक तरफ़...सब्ज़ियाँ मिलती हुई एक दूसरे में...छलक रहा रायता...और बारी से लटकता सलाद...एक थाली में
पूरा दिन पार!
खाने से ही नहीं सम्भावित तृप्ति के भार से भी दोहरी हो रही थाली...वैसे ही जैसे एक चरमराते रिक्शे पर क़रीम भाई का पूरा परिवार...हैंडिल पर सादिक़ और सलमान...डंडे पर सफ़िया...पाँवरी पर भरे-अधभरे-खाली कनस्तर, चप्पल-जूते...गद्दी पर अम्मा और रेहाना...सड़क पर ख़ुद और अकबर...पीछे बँधे हुए गट्ठरों से झाँकते बाल्टी-बर्तन-कपड़े और कोने से निकला हुआ लकड़ी का एक बैट...एक रिक्शे पर पूरा देश पार!...बम्बई से आज़मगढ़ तक गिरस्ती ही नहीं रुख़्सती के सदमे तले भी टूट रहा रिक्शा... पर बना हुआ वफ़ादार फिर भी... पीछे छूट रहा काम...छूट रहा शहर... ख़ाली, सूना और मनहूस...मॉड्यूलर किचन की तरह...लगता नहीं कि अब लौटेंगे ये पुराने बर्तन कभी...दुख की भट्टी में पिघलते हों

तो पिघल जाएँ भले।

धूप पड़ रही है मकानों पर : दिल्ली

धूप पड़ रही है मकानों पर
पर धूप जो आलोकित नहीं करती
बस कठिन उजाले का लेप लगा जाती है

इस धूप में झटपट सूख जाते हैं कपड़े
पर मन नहीं सूखते!

पंछी उड़ रहे हैं नीचे-नीचे
मानो यह धूप नहीं गुरुत्वाकर्षण का बल है

धूप पड़ रही है मकानों पर
यह धूप तो एक रोज़ सपने में देखी थी

जहाँ एक ख़ाली घर के आँगन में
मोम चू रहा था आसमान से टिघल-टिघल कर
और जमे हुए मोम पर धूप की वीरानी छाई थी

धूप पड़ रही है मकानों पर
जैसे तारीख़ों पर रेत पड़ा करती है

धूप पड़ रही है मकानों पर

कब धूप पड़ेगी मकानों पर?

सिर्फ़ शाम

बादल इस वक़्त सिर्फ़ बादल हैं
नदी सिर्फ़ नदी
और जाती हुई धूप
सिर्फ़ जाती हुई धूप
पर सिर्फ़-सिर्फ़ होते हुए भी
हर चीज़ सम्बद्ध है एक दूसरे से
यही जादू है इस बिखराव का
जिसमें कोण नहीं हैं
बस एक ढलान है
यहाँ से वहाँ तक
भीतर से बाहर
बाहर से भीतर
इसे अनुभव करना अपने आपको
इस ढलान पर छोड़ देना है
और 'सिर्फ़' हो जाना है
यह अनुभव शाम है।

बरसात ने फिर जीवित कर दिया है नदी को

बरसात ने फिर
जीवित कर दिया है नदी को
जाने कहाँ से उतर आए हैं
उसकी देह पर धवल पक्षी
निचले इलाक़ों में भर गया है पानी
पिछली शाम मौज उड़ाने के लिए नदी में कूदे
चार नौजवानों में से दो के शरीर
अब तक मिले नहीं हैं!
नदी का फिर से जीवित होना
उससे जुड़ी असुविधाओं का जीवित हो जाना है
यूँ ही उसका मृत होना
उससे जुड़ी आसाइशों
जैसे पानी की आपूर्ति
कारख़ानों में खपत आदि का
सीमित हो जाना
नदी अपने नदी होने में
ना जीती है और ना अब
मरती ही है हमारे लिए
फिर भी कैसी मनबढ़ है नदी
जो आधी-तीही बारिश में भी
नदी होना चाहती है
कैसी ढीठ है बरसात
कि धरती पर पहुँचने का ठिकाना नहीं
पर नदी छूना चाहती है!

कुएँ

डॉक्टर कहते हैं
सूख रहा है
माँ के घुटनों का पानी

कुओं के बचे जल की तलछट में
गोल-गोल घूमती हैं दो मछलियां
विकल-विह्वल सोचती हुई अलग-अलग
ये कुएँ की दीवारों के कान कब से हो गए?
पड़ गए अँधेरे के गले में
छाले कैसे?

थककर बैठती है माँ जब
घुटने पकड़े हुए
इन सूखे कुओं से
सहसा निकल पड़ते हैं
रहस्यमय-मिथकीय पक्षी
फड़फड़ाकर अँधेरा चीरते हुए

और खो जाते हैं कहीं
स्मृतिहीन उजाले की चमक में।

साबरमती में

साबरमती में है
बंधक नर्मदा का जल

साबरमती में है
टॉरेंट पावर लिमिटेड की आग

साबरमती में है
स्मार्ट सिटी का झाग

साबरमती में है
भविष्य की राख

साबरमती में हैं
तांबे, सीसे, निकल, लोहे और क्रोमियम की जलपिपासु अन्तर्नादियाँ

साबरमती में है
एक गलियारा, उद्गम से लेकर खाड़ी तक
जिसके गाढ़े-थिर कीचड़ में उतरते हैं हवाई जहाज़

साबरमती में हैं
रिवर-फ्रंट की तपती बैसाखियाँ
जिनपर मनते हैं प्रायोजित पतंगोत्सव

साबरमती में नहीं हैं पानी,
नहीं किनारे, किनारे के लोग

साबरमती में है शहर की आन्तरिक सरहद

साबरमती में है चश्मे की टूटी कमानी...साबरमती में है दरकी घड़ी

साबरमती में है चिलचिलाता आईना

साबरमती में नहीं है नदी,

साबरमती में नहीं है साबरमती!

तुम्हें पता है नदी

नदी
तुम्हें देखते हुए
तुमसे ज़्यादा तुम्हें देखती अपनी दृष्टि को देखा
और पाया कि ये आँखें निहारना भूल गई हैं!

घूरना, गड़ना, परखना तो याद है इन्हें
आर-पार देख लेती हैं ये
पर तुम्हारा पार अपार है इनके लिए
ये थाह लेती हैं गहराइयाँ
तुम्हारा उथला-चंचल-जल
सह नहीं पातीं
चौकन्ना होना आता है इन्हें
लहर-लहर के संग लय होना नहीं
तुम्हें पता है नदी
अब इन्द्रधनुष भी इनके लिए सात रंगों का खाँचा भर है!

तुम्हारे वेग से उड़ती ख़ुश-फ़हम फुहारें
तुमपर छाई वल्कल छायाएँ
तुमसे आलिंगनबद्ध धुंध
तुम्हारे तराशे हुए तल्लीन पत्थर
बहुत आकारहीन हैं इनके लिए

नदी
तुम्हें देखते हुए
तुमसे ज़्यादा तुम्हें सुनती अपनी दृष्टि को सुना
धीमे-धीमे क्षीण होती गई रोशनी

पर निगाहें तुम्हीं पर श्रुत रहीं

तुमसे लौटकर जब मूँदी पलकें
पाया कि मुँदना भूल गईं हैं आँखें
वे अँधेरे खो दिए हैं उन्होंने
जिन्हें सारी-सारी रात
ससारती रहती हो तुम।

या हुसैन!

हमारे ख़ुतूत गर्म रेत में दबा देना
उन्हें पढ़कर जानिब-ए-कर्बला मत जाना हुसैन

हम कूफ़ा के बाशिन्दे हैं

यज़ीदी लश्कर में न भी हुए
तो उसकी बैत में तो हैं
ना बैत में, तो पस्तहिम्मत लब-बस्ता हैं
हमारा यक़ीन मत करना हुसैन
हम ख़ुद ला-यानी हैं, हमारे कहे का कोई भरोसा नहीं

हमारे ख़ुतूत गर्म रेत में दबा देना
उन्हें पढ़कर जानिब-ए-कर्बला मत जाना हुसैन

हम पानी से नहीं प्यास से महरूम हैं हुसैन
प्यासों की पुकारें दूर से आती सदाओं के सिवा कुछ भी नहीं
हम आहो-ज़ारी भी कर लेंगे, मातम भी मना लेंगे
पर हुसैनी चाल हमारा शेवा नहीं, बे-चेहरगी है, सो निभा रहे हैं

हमारे ख़ुतूत गर्म रेत में दबा देना
उन्हें पढ़कर जानिब-ए-कर्बला मत जाना हुसैन

वो तो कैफ़ियत हुई तो ख़त लिख दिए दर्द भरे
जो कूफ़ियत ज़ोर मारेगी तो साफ़ मुकर जाएँगे

हम नहीं उनमें जो इरादों की ख़ामोश यक-जेहती की शब
चराग़ों के जलने पर वहीं खड़े मिलें जहाँ उनके बुझने के पहले थे
आशना-परवर, माएल-ए-वादा, ईमान-बर-सर
निकल लेंगे दबे-पाँव ओ नबी के नवासे!

हमारे ख़ुतूत गर्म रेत में दबा देना
उन्हें पढ़कर जानिब-ए-कर्बला मत जाना हुसैन

हम अमन पसन्द लोग हैं हुसैन
जंग हमारी मजबूरी नहीं एक शगल है
तुम सच मत मान लेना इसे कि हम मैदान-तलब हैं
हम ज़माना शनास लोग हैं
उलटे पाँव लौटना हुनर है हमारा

जितनी ज़ोर से छाती पीटेंगे हाय हुसैन! या हुसैन!
उतना ही साफ़ सुनाई देगा तुम्हें हमारे सीनों का झूठ

जाने क्या सोचकर कह रहे हैं तुमसे
क्योंकि ये हमारे ही तो मंसूबे हैं

पर अपनी नस्ल बचा लो हुसैन

जाने क्या आरज़ू है मुस्तक़बिल से कि
दुनिया हम जैसों की है अच्छा है
पर हम जैसों की ही रहेगी आएगी ये मानने को जी नहीं चाहता।

कौए

दिन भर बीत गया
जहाँ-तहाँ पड़ी चीज़ों को
नोचते-खसोटते
अब शाम होने के साथ
पानी की टंकियों, लोहे के पाइपों,
बिजली के तारों, टीन के टप्परों पर
कैसे सैद्धांतिक मनोयोग से
बैठे हैं कौए!
सघन वैचारिक तल्लीनता में
गर्दनें ऊँची किए हुए!
ये कौए चिन्तन का पर्याय हैं
चिन्तन जो मुक्त है आहार प्राप्ति के
कुत्सित उपक्रमों से
वे बैठे हैं चोंच में युक्तियों के कंकर दबाए
खाली से खाली सुराहियाँ भी
भरी हैं उनके आगे!

कर्कश उड़ानें भरने वाले
विशाल डैनाधारी हवाई जहाज़ भी
उनके सामने पक्षी-तुल्य हैं!

कालसर्पी नालियों से अन्वीक्षिकी के तंतु
चुनने वाले उन आचार्यों के सामने
मूषादि-अन्वेषक निरे जानवर!
वे कबूतरों की तरह खंडहरों में नहीं रहते
नवनिर्मित संस्थानों की मुंडेरों से

ज्ञान-पताकाओं की तरह फहरते हैं कौए
कहीं पितृपक्ष का प्रसाद है
कहीं गली में मरी देह पर विमर्शों की काँव-काँव
कौए प्रतिष्ठित ही रहेंगे यूँ ही
श्याम वर्ण की चमकीली स्निग्धता छुपा रही है उनके रोंए
सूरज का डूबना
बढ़ा रहा है उनकी पर्यवेक्षीय निर्लिप्तता!
दिवस रहा हो किसी का भी भले
शाम तो काकविद्या की है
वे उवाच रहे हैं सत्य
दिन के मंज़रों को धता बताते हुए!!

कलकत्ता

एक भारी गंध नदी
समाहित कितनी गंध धाराएँ
बहती कल-कथाएँ

वृक्ष की वृक्षाभ निजता
लताएँ लिपटीं भविष्य के खंडहर से
अतीत के तलघर में कसमसाती जड़ें
वर्तमान की दीवार
तने के बोझ से दोहरी!

प्रसवा नदी-या बूढ़ी दाई
महासागर के जन्म से ठीक पहले का पहर
नदी बाल खोले
गुज़र रही पीड़ाओं के ज्वार-भाटे से
नदी : हुगली
बाल : सुन्दरबन

मधुमक्खियों का छत्ता
सदियों का शहद भरा है

चाय की प्यालियों में
घुली हैं छियालीस की उदासियाँ

नालियों में जमा नक्सलबाड़ी का रक्त
दीवारों पर डोलते आमार बांग्ला के साये

व्लादिमीर इलिच की मेज़ पर
सूख रही हैं सेन महाशय की मिठाइयाँ
दास कैपिटल के अक्षर जो बाउल के गीत गाते...तो...

जोड़ासांको के बाहर
हथगाड़ी पर मज़दूर की बीड़ी से लगकर
डूब रहा है शाम का सूरज

बांग्ला वर्णमाला सी बदलियाँ
दुर्भिक्ष की याद
पानी यूँ बरसता है
जैसे इस बार धुल ही जाएगी स्लेट

घिसी-हुई-गोल-सीढ़ियों-पर
कोई छोड़ गया है नवजात
कल की कल्पनाओं पर चिपके हैं
मल्टीनेशनलों के स्टीकर

बरस रहा जल-विकल-अविरल
भद्रता, छुपने को तलाश रही नये आवरण

दौक्खिनेख्वर! दौक्खिनेख्वर! की पुकारें
गदाधर की मूर्छा बिले की बेचैनी

एस्पलेनैड से पार्क सर्कस
ट्राम-की-विलम्बित-समय-समीक्षा!

दूर कहीं
ठहरे जल पर तिर रही इकहरी नाव
किनारे बैठा हुआ बगुला
चोंच में शगुन का मोती दबाए

एक विसर्जन
अन्तहीन विसर्जन...

ओ रे माझी बहुत दिन हुए
अब फिर कोई सगुन गाओ
इस आनन्दनगर के लिए...

नदी के पत्थर

नदी के पथ में
धूप में चमकते
चिकने-स्निग्ध पत्थर
कुछ शिलाओं की तरह ध्यानस्थ-आत्मस्थ
कुछ तल में पड़े आसमानी बीज
कुछ पंख से दिखते धूप के पदचिह्न
कुछ अपना जलता हृदय लिये अलग-थलग निकले

कुछ की कायाएँ गोल
किसी प्रागैतिहासिक पक्षी के अंडे हों...
कुछ शंख की तरह अपनी ही देह का मुकुट पहने
कुछ चट्टानी-सख़्त मुख-ज्वलंत निश्चय मूर्ति
रंगों के महीन डोरे धारे देह पर

ये खनिज स्वप्न-ये अयस्क आकांक्षाएँ
ये लहरों में अड़े फिर भी संविलयित
कुम्हारिन नदी के गढ़े हुए दिये
ठंड में डूबे
सर्द पानी की सरकती दुशाला सँभालते
ये पंछियों के ठौर
मेढकों-केकड़ों पनैले जीवन के संरक्षक
प्रवाह के प्रहरी निर्वाह के नीति निकेतन
यह संघनित घन खंड
कभी पुलकित-कभी प्रचंड
यह छाया मन-यह हीरामन
स्थावर पर आत्मा-अधीरा मन

यह कारीगर नदी की कला-वीथिका में सजी
शिल्प रचनाएँ
यह रचित
प्राणों में खचित
जल की थाप से बजते वाद्य यंत्र
ये ढमर-ढमर ये डम-डम

ये राग रंजित-मृदा मंजित
पुष्कल वीणा के आलम्बन
ये अभिराम, अचिन्त्य, अनुपम

ये नदी के पथ में
कुटियाँ छवाए आदिवासी पत्थर
कुछ शिलाओं की तरह ध्यानस्थ-आत्मस्थ
        कुछ तल में पड़े आसमानी बीज
        कुछ पंख से दिखते धूप के पदचिह्न
        कुछ अपना जलता हृदय लिए अलग-थलग निकले

यह नदी के खगोल संकल्प
यह भिक्षुक आसमान के आँचल की
बिखरी हुई कौड़ियाँ!

पूर्व-निर्धारित संयोग!

एक दिन अचानक गुज़र गए ककत्तु नेता
जबकि उसके ठीक एक दिन पहले आए थे घर
दधिकांदो का चन्दा माँगने

काम से घर लौटते वक़्त रूककर
थर्डमैन पर फ़ील्डिंग करने वाले इदरीस मिस्त्री
जिस नियम के साथ रोज़ाना मैदान पर आते थे
एक दिन वैसे ही किसी नियम के तहत ग़ायब हो गए
फिर कभी दिखे नहीं

सुनने में आया था कि
पंचर बनाते-बनाते नन्हें साइकिल मकैनिक
के मुँह में निकल आया पंचर
किसी रोज़ उधर से गुज़रते निगाह गई
ना वहाँ नन्हें थे, ना तसले के गँदले पानी में झाँकता आकाश
ना नीम के तने की गोल-गाँठ से झूलते टायर-ट्यूब
ना चारपाई पर सूख रहा उनका लड़का

साथ में पढ़ता था अशोक कुमार
सब चाहते थे अशोक की टीम में होना
टीम रही, पर अशोक कब किस दिशा में बिला गया पता ना चला

यूँ ही राज धोबी कपड़ों की तहें बनाती आई थी अनन्त काल से
ख़ुद किन सलवटों में खोई एक दिन के फिर मिली ही नहीं

सड़क से एक-एक कर खोते गए वे लोग
जैसे थे ही नहीं कभी

यक़ीनन, वो मेरी ज़िन्दगी की सड़क थी

अब एक नया समुच्चय है
मेरे जीवन में अनायास उपस्थिति वाला
उतना ही अनायास जितना उन मित्रों-सहकर्मियों का साथ
जो बेख़याली में पूछ बैठते हैं
गोत्र, प्रवर, शाखा, वेद, उपवेद, देवता इत्यादि
कभी-कभी बाद में
'केवल जानकारी के लिए' का नुक़्ता लगाते हुए

जिस सड़क से खो गए वो लोग
वो उनकी थी ही नहीं कभी
जिसपर चल रहा हूँ मैं
वो भी मुझ अकेले की नहीं है

ना ये जीवन का संयोग है
ना वे जीवन के संयोग थे

जिस क्रमिकता के साथ बढ़ रहे थे
मैं अपनी अध्यापकी की तरफ
और नन्हें अपने कैंसर की तरफ
वह सब कुछ
तक़रीबन पहले से ही तय था।

टूटता तारा

पहाड़ी रात्रि की
निष्कलंक कालिमा में
देखा एक टूटता तारा
उज्जवल-नारंगी जलता सर नीली पूँछ
कोई नहीं पास किससे कहूँ
होंट रह गए खुले, ताकता रहा इधर-उधर
वे दूर टिमटिमाते घर
क्या उन्होंने देखा?
या वेधशाला में जाग्रत वैज्ञानिक, उसने?
इस महान अँधेरे में
आँखों के वे कौन से जोड़े हैं
जो निहार रहे थे इस वक़्त
आसमान की तरफ़
मैं उन्हें अपने स्वप्न देना चाहता हूँ
जिन्होंने मेरे साथ देखी वह
जुलाई की जल-सिक्त अमा में, पहाड़ों के ऊपर सफ़र करती
आशीर्वादमयी एकाकी आग।

कमी कहाँ है ऑक्सीजन की?

[कोरोना : दूसरी लहर के दौरान]

श्वसन हो या दहन
क्या फ़र्क़ पड़ता है?

प्रक्रियाएँ तो दोनों
मूलतः एक सी हैं

देह के भीतर का ईंधन जले
या स्वयं देह ही जले
ईंधन की तरह
ऑक्सीजन की भूमिका तो वही है!

यह विलक्षण बात
विज्ञान बूझ गया था सदियों पहले

सत्ता अब जाकर समझ रही है...

कमी कहाँ है ऑक्सीजन की?

यदि होती
तो क्या सम्भव होता
ऐसा अद्‌भुत दाह-पर्व?
पृथ्वी पटी होती इस तरह
असँख्य चिता-पुष्पों से?

कमी है
तो उस सकारात्मक सोच की
जो धुएँ के इन बादलों का
कोई सार्थक उपयोग सुझाए
जो इस चिरायँध में शुद्धिकरण की
कोई चमत्कारी युक्ति सूँघ ले

जो अभिनन्दन करे
इस मृत्यु-मंथन का

जनसंख्या नियंत्रण के

नये
किफ़ायती
और
अभूतपूर्व
कार्यक्रम की तरह!

पहाड़ और...

जितनी धूप-उतना अँधेरा
जैसे झटकी हुई
काली काँवड़ी
        घिरी हो झिलमिल कणों से
मानो अभी-अभी उसे झटक कर
बैठा हो पहाड़...फिर अपने बदन पर दोबारा लपेट कर

धूप की नशीली धुंध से घिरा
पर एक मांसल अन्धकार से आच्छादित

शिखर पास कहीं से उठ रहा धुआँ
पहाड़ की मुद्रा यूँ
                कि जैसे ज़रा झुककर बैठे हों फ़िराक़ साहब
होठों पर सिगरेट रखे

शाम भी थी धुआँ-धुआँ कहने से ठीक पहले

ये दीगर बात है कि कहाँ फ़िराक़ साहब और कहाँ पहाड़
जैसेकि ये भी दीगर बात है कहाँ पहाड़ और कहाँ फ़िराक़ साहब

अलबत्ता दिल की रगों के टूटने का सानिहा दोनों पर एक सा है

ये धूप भरी सम्मोहनी तारीकियाँ भी
                दोनों की एक सी हैं...

पहाड़ का दुख

फिर ढह गया
एक पहाड़
नहीं उठा सका अपना बोझ
अपनी लुजलुजी हो चुकी देह को

घाटी में फिसलते
चले गए अनाथ पत्थर
पेड़ों की आँतें ज़मीन से निकल आईं
हवा में झूल गईं

कतार लम्बी होती गई गाड़ियों की

व्यग्र यात्री
उतर कर संकरी सड़क पर
फेंकने लग गए दृष्टियों की स्पर्श रेखाएँ

कब उठेगा मलबा?
कितना समय लेगी जेसीबी मशीन?

मलबा जो कुछ ही क्षणों पहले पहाड़ था...

यह पहाड़ का दुख है
देखो इसे
अवश आसमानी आँखों से
सूँघो वनस्पतियों की गंध में

स्याह पड़ चुकी मिटटी की
मृतप्राय महक में

हो सके तो फिर मत कहना कभी
दुखों का पहाड़

पहाड़ से बेहतर कोई नहीं जानता कि
जब दुख टूटते हैं तो
उनसे मलबा बनता है पहाड़ नहीं।

आज उसकी तरफ़ से!

शटर गिरने को था
वो हाँफता हुआ
दुकान की देहरी पर पहुँचा
काउंटर पर लटके-लटके ही उसने अपने बैग का मुँह खोल दिया
गल्ले पर बैठा अधबूढ़ा आदमी उठा
'सन्तरा' की गोल कमर वाली बोतल उठाने के लिए
कि आवाज़ आई
"आज 4 कैन बियर डाल दे भई!
कोई भी स्ट्रांग चलेगी!"
बैग में कैन समाए नहीं कि
वो वापस भागा..."लिख ले खाते में!..."
और एक खटारा लाल गाड़ी में,
जिसके दो पहिये सड़क पर दो कच्ची मिटटी में धँसे थे, घुस गया
हिमाचली युगल-गीत की धमक से छनकर कर आती हुई
कार के अन्दर से एक छोकरी की खिलखिलाहट सुनाई पड़ी
कार में चकाडुब्ब अँधेरा था
बाहर भी सब स्याही-स्याही
अधबूढ़े ने चुनिंदा गालियाँ निकालते हुए मुँह बिचकाया
अँधेरे में लटपटाई कार कुछ हिली
तो हिकारत से बोल पड़ा, "स्साला!..."
कि इतने में दुकान की तरफ़ कूदता हुआ
वो वापस आता दिखा
अधबूढ़े को बूझो तो बूझ नहीं
क्या हुआ इस मुए को
वो लगभग मुँह के बल गिरता-गिराता काउंटर पे पहुँचा
मुड़े-तुड़े नोट फेंके और पलट लिया

"...खाते की इंट्री काट दे भई!...
आज उसकी तरफ़ से है!!!..."
अधबूढ़ा और भी हिक़ारत से बजबजा कर बोला
"स्साली!..."
कार के चारों पहिए अब सड़क पर थे
हल्के-हल्के टिमटिमा रहे सांध्य-तारकों में जैसे
चिल्ड बियर का महीन-कुन नश्शा था!

एक रात ट्रेन रुकी जब

एक चरमराती कराह के साथ
रुक गई ट्रेन
निविड़ अंधकार में डूबे निर्जन में

उस असह्य स्थिरता से जागीं
असुविधा की बेसुरी अभिव्यक्तियां
किसी ने हारी हुई उसाँस भरी
पानी मांगा किसी ने
मरुथली पीड़ा के साथ

अचानक जाग पड़े बच्चे का रोना
ठहरी हुई उमस मथने लगा
ट्रेन के रुकने के साथ
मानो लोप गया एक जगत

बाहर किसी अदृश्य पगडंडी से गुज़र रही
साइकिल की चुंचुंआहट तक
एक निर्लज्ज स्पष्टता के साथ
सुनाई देने लगी

चाँद लोहे की पपड़ियाई हुई छड़ों के बीच अटक गया
किसी बेजान शब्द जैसा

दुर्गंधों के कुंडल डाले हवा
सर उठाने लगी धीमे-धीमे

याद नहीं उसके बाद कभी
फिर उतना औंधा देखा सादा आसमान
दूर की रोशनियां देखीं उतनी दूर
उचटी हुई नींद
बिखरे हुए जूतों में
फिर कभी खोई हो उस तरह, याद नहीं

पर यह सब
तब तक ही
जब तक रुकी थी ट्रेन
ट्रेन के चलते ही
चाँद रुपहला था फिर से
भागती परछाइयाँ मखमली थीं
रौशानियों में नशा
सपनों में सुदूर बिजलियों की कौंध
तलवों पर सोंधी मिट्टी की थपकियां
हवा में बिन मांगे इत्मीनान की महक

ट्रेन जब चल रही थी
लग रहा था धरती गोल होकर
खिड़की के भीतर आ जाएगी
और आराम के आँगन में
अनिश्चित काल के लिए टप्पे खाती रहेगी

सब सोए रहेंगे बदन सिकोड़े
अपने-अपने गंतव्यों के आतंक से मुक्त

सिवाय शायद उस लड़की के
जो यूँ सावधान मुद्रा में थी
जैसे अपर बर्थ पे नहीं
किसी कुएँ की जगत पे बैठी हो

नींद के रथ में
आलस्य की वल्गाएं कसकर थामे रहने के पीछे
ज़रूर रही होगी उसके पास
कोई ना कोई
वजह...

जोशीमठ

आदि-शंकराचार्य ने महातप के बाद
        जब खोले होंगे चक्षु
वेदांत के अलावा देखा होगा एक और भी सत्य
वह ये कि जोशीमठ डूबेगा...

ज़रूर डूबेगा जोशीमठ!

पर ये बताया नहीं किसी को
इस दूसरे सत्य में शिष्यत्व की सम्भावना नहीं थी क्या...
ना कोई विजयीभाव
फिर शायद बौद्ध मतावलम्बियों को भी
इस दूसरे सत्य की भनक रही हो

गुरु परलोक सिधार गए
        अपने साथ वह दूसरा सत्य लेकर
कि जोशीमठ डूबेगा...उनके आप्त वचनों में
नहीं था उन दोपहरियों का निदाघ
        जिनमें डायनामाइट की थाप पर
जोशीमठ की डूब होगी...

उन रात्रियों की वेदना जब
भूमि पर दरारें कड़केंगी और
        बींध जाएंगी बस्तियों को

पर सत्य तो था ही
आदि प्रवर्तक ने नहीं कहा तो क्या

सभ्यता विकसित हुई
गुरु के उस सत्य से ओट कर के
जिसे उन्होंने देखा था...पर कहा नहीं था...

अधूरे सत्य ने पंथों को जन्म दिया
पंथ मठों में पथरा गए
मठों पर बिराजे मठाधीश
मठाधीशों के आगे बिछ गए अनुयायी
और अनुयायियों ने
गुरु की झिझक पर नगर-तीर्थ बना दिए!

वह भय जो कुछ वेदांती-कुछ बौद्ध दोनों था
कि जोशीमठ डूबेगा...
डूब गया एक मूर्ख आत्मविश्वास के तले

धर्मों ने इस तरह समय-समय पर अपने हिस्से के सत्य तो कहे
पर अपनी आशंकाएँ छुपा ले गए

धर्म बिना सन्देह के महज़ आस्था था
जोशीमठ आस्था की राह में पड़ने वाला एक पड़ाव

फिर भी सत्य था, तो उसे गुरु अपने साथ तो नहीं ले जा सकते थे
सो उसकी पुड़िया बनाकर
एक भोटिया तिजारती के झोले में डाल दिया!

भोटिया से उसे
एक तिब्बती लामा ने कोई दुर्लभ जड़ी-बूटी जानकर कर ख़रीदा
और अपने देस ले गया
जब उसके मठ के अन्य लामाओं ने
उस दुर्लभ सी दिख रही चीज़ को सूंघा
उन्हें सुनाई पड़ा
कि कारकोरम, पामीर और किलियाँ के पहाड़ भी डूबेंगे!
और वे सन्नाटा खा गए

उन लामाओं ने तुरत उस सत्य को
आचार्य रिंपोछे यानी गुरु पद्मसम्भव के चरणों पर
छोड़ आने के लिए कहा

यह सत्य की जोशीमठ डूबेगा
उन्हें एक नए संघात के साथ प्रतिध्वनित हुआ था
जैसे तरंग कटोरी से टंकृत होता हुआ

जोशीमठ डुबोया जाएगा!!
जोशीमठ डुबोया जाएगा!!

ठीक उस वक़्त जब पद्मसम्भव के चरणों पर
        उस सत्य का चढ़ावा हो रहा था
रेवाल-सर तीरे बैठे थे भाऊ चन्द्रकीर्ति जाधव
बाबा साहब के बुद्ध को ढूँढ़ते-ढूँढ़ते महायान की गलियों में
कहीं खो से गए थे

लम्बे समय तक
        घनघोर उपेक्षाएं झेलने के बाद
                अब घर जाने को थे...

जाते-जाते सोचा भाऊ चन्द्रकीर्ति जाधव ने
क्यूँ ना गुरु के पास से कोई स्मृति-चिह्न लेता चलूँ
कोई चिह्नानी-कोई प्रतीक...
वो धर्म जो आश्रय ना दे सका...ना अपनेपन का भाव
पर कहीं ना कहीं प्रेरणा तो रहा ही है
        उनकी अपनी...उनके भीम की
उन्होंने पद्मसम्भव के चरणों से
पुड़िया में फड़फड़ाता वो सत्य उठाया
और महायान को सलाम ठोंक कर
नवयान के पास विदर्भ लौट पड़े

खचाखच भरी रेलगाड़ी में
खिड़की से बाहर देख रहे
भाऊ चन्द्रकीर्ति जाधव ने धुंआई और मोटे पेण्ट से पुती
लोहे की छड़ों के पार जब विदर्भ की दाहती धरती को देखा
उनके आँखों में आँसू नहीं आए,
ताप वलएँ उठीं!
भट्टे से निकली ईंट जैसा उनका तमतमाता मुख
उस अस्ताचलगामी से मुख़ातिब था
तभी उन्हें अपनी काली बंडी की बाईं जेब में
कुछ महसूस हुआ
हाँ, वह पुड़िया जो वे पद्मसम्भव के चरणों से उठा लाए थे

उनके खुरदुरे स्पर्श से पुड़िया कुछ सिहरी
और उसने वह सत्य बक दिया जो उसके
अन्दर गुड़मुड़ाया हुआ सो रहा था

सत्य क्या था

यह क्षिति पावक में भस्म होगी!
विदर्भ की धरती फटेगी!

पर यह कोई खुलासा नहीं था
भाऊ चन्द्रकीर्ति जाधव के लिए
बल्कि उन्हें तो इस सत्य के पीछे का सत्य
कि यह धरणी हव्य बनेगी!!
पहले से पता था...

उन्होंने उस पुड़िया को
हवा में सिरा दिया...
सिरा क्या दिया जैसे लुटा दिया
यह एक कोरा सत्य था उनके लिए
गुरु पद्मसम्भव से उन्हें
इससे ज़्यादा चाहिए था कुछ...

ओंगोल के तटवर्ती शहर से आए
विदर्भ की तृषित भूमि पर भटक रहे
अबू-असलम के नमक से पपरियाए माथे पर
वह पुड़िया खुलकर यूँ चिपक गई
जैसे कोई इश्तेहार हो!

ट्रेन की मथित-उत्थित हवा में चक्कर खाती
वह पुड़िया बलखाती
भाऊ चन्द्रकीर्ति जाधव की
प्राचीन उँगलियों से निकल कर
अबू असलम की पेशानी पर चस्पाँ हो गई थी!

वक़्त बीता कि सपना था
पर नमक की लकीरों से बात करते उस सत्य ने
अबू-असलम की पेशानी से कहा
मछलीपत्तनम-विशाखापत्तनम में भूचालती लहरें
किनारे लील जाएँगी!
और इतना ही नहीं
गड़गड़ाते-ट्रॉलर और समुद्र का सीना दलते जहाज़
सोख लेंगे वो मीन सम्पदा जिसके
मुस्तफ़ीद और सरपरस्त दोनों
अबू-असलम के दादा-परदादा रहे आए हैं!!

यह सुनना ना था, कि अबू-असलम को
अमीना की बात याद हो आई
जो सदा कहा करती थी
ये मछलियाँ, पसलियाँ हैं लहरों की
जैसे-जैसे कम होंगी
ख़त्म होता जाएगा लहरों का रसाव

बेकाबू लहरें खदेड़ देंगी हमें
मुल्क़ के भीतर...और भीतर
जहाँ ख़ुद मछलियाँ होंगे हम...तड़पती-भटकती, अन्तर्धाराओं से
सतह पर आकर उथलाई हुई मछलियाँ!

अबू-असलम, नहीं, अबू-असलम कंस्ट्रक्शन मज़दूर ने
एक तटीय आह भरी
और पसीने में गल रही उस पुड़िया को
ज़मीन पर गिरा दिया

ज़मीन पर धीमे-धीमे उतरती उस पुड़िया के पार्श्व में
उसने देखी अपनी पिंडलियाँ, जिनसे वह मछलियाँ गायब थीं
जिनको उसकी बीवी ने जी-जान से प्यार किया था
थी तो बस चूने-गारे की
एक धूमिल सी लार
और वह टीसता हुआ सत्य,

'जोशीमठ डूबेगा' की एक और पराध्वनिक कोर
टूटेंगे कगार!
साहिल आत्मघात करेगा!!

सुना है वह पुड़िया
फिर सुन्दरबन की बाघ-विधवाओं तक पहुँची
नेपाल की एक विकरालती झील के किनारे किसी दमाईं को मिली
कानपुर में मोहनलाल निषाद की
बिवाई पर चिपक गई
जब वे कीचड़-कहल गंगा से अपनी नाव निकाल रहे थे!

फिर बम्बई की बाढ़ में, ख़ैरपुर नाथन शाह में
घूमती रही वह-घूमती रही
घूमता रहा वह सत्य
और डूबता रहा जोशीमठ अपनी ही मिट्टी में!!

गुरु के नहीं बताए हुए सत्य के हिस्से का
मानचित्र है यह देश
धाम हैं-तीर्थ हैं
तीर्थयात्री-कल्पवासी-कारसेवक हैं

पर डूब रहे हैं तीर्थ,
भोगते हुए अपने तीर्थ होने का अभिशाप!

गड़ागड़ निकल रही हैं हैं कारें, पहुँच रहे हैं हवाई जहाज़
सीधे दर्शन को, सीधे प्रभु से मुख़ातिब, वीआईपी दर्शन की लालसा लिए
और विशाल-ख़स्ताहाल गैरेजों में बदल रहे हैं
तमाम-तमाम जोशीमठ!
उस सत्य को
सलीब की तरह पहने हुए जिसे अगर
आदिगुरु पूरा-पूरा कह देते
तो वह पारिस्थितिक होता
धार्मिक नहीं!

सभ्यता की कामना में थे
या शास्त्रार्थ के मोह में
शायद भूल गए थे गुरु
तीर्थ सुलभ होता जाएगा!
सत्य धुंधला और भक्त उतावले!

कैमरे पहुँच जाएंगे गुफाओं में!
चोटियों पर बनेंगे हेलीपैड!
सीमाएं खिंच जाएंगी धरती के सीने पर!
सड़कों और सुरक्षा का कारोबार फूलेगा-फलेगा!

उनके कहे हुए सत्य से दुई के
सैकड़ों बिलबिलाते कीड़े निकल कर आएंगे
और चाट जाएंगे प्रबोधन की सभी सम्भावनाओं को!!

पता नहीं गुरु अपने कहे हुए सत्य की नियति
जानते थे या नहीं
पर उस नहीं कहे हुए सत्य के सामने
पहले की
निस्सारता क्या छुपी रही होगी उनसे?

क्या पता देख लिया हो उन्होंने
कि यह छुपा हुआ सत्य धर्मगुरु नहीं
वे ही जानेंगे जो इसे वहन करेंगे
        सभ्यता को हॉण्ट करते वे प्रेत
                जो समाज और जंगल के बीच रहते आए हैं

जो जानते रहें हैं हमेशा से,
वे लामा,
वे चन्द्रकीर्ति जाधव,
वे अबू-असलम,
की
कुछ भी नहीं डूबता ख़ुद से
कुछ भी टूटता-जलता-दरकता-चित्थाड़ नहीं होता
किसी नियम के तहत
निर्दोष नहीं होता नदियों का सूखना
जंगलों का दावानलों की भेंट चढ़ जाना
        धरती के काँप-काँप उठने में भी
सिर्फ़ धरती की मर्ज़ी नहीं होती!!

जोशीमठ डूब रहा है
डूब रही हैं वे तमाम-तमाम जगहें
जिनपर समय-समय पर सत्य की डींग हुई थी!

कभी धर्म—
        कभी सत्ता—
                कभी विज्ञान
                        के ठौर बने थे जहाँ!

जोशीमठ डूब रहा है
जैसे चेर्नोबिल में नाभिकीय विध्वंस हुआ था!

जोशीमठ डूब रहा है जैसे
हिरोशिमा-नागासाकी पे
बम गिरे थे!

इस डूबने में शंघाई और दिल्ली की
हवा की गंध है!

इस डूबने में श्रीलंकाई समुद्र पर
तैर रहे तेल की लसलाहट है!

गुरु का नहीं कहा हुआ सत्य
अब उजागर हो चुका है!

जाने-बूझे-अन्वेषित-प्राप्त किए सभी सत्य-सारा विवेक
अब उसके सामने फीके

बहुत फीके पड़ते जा रहे हैं!

दर्शन सोलंकी ने आत्महत्या नहीं की

दर्शन सोलंकी हॉस्टल के सातवें माले से नहीं
संविधान के अनुच्छेद 15, 16, 29, या कह लें 17 से कूदा था

सातवां माला हो या ये अनुच्छेद
पायदान तो थे ही दर्शन सोलंकी के लिए
पर पायदानों को जोड़ कर सीढ़ी बना सकें वे कड़ियाँ नहीं थीं!

जातिगत-भेदभाव यदि कोई चाक़ू होता
कि भोंका और आदमी ठंडा
तो शायद बता देते उसकी मौत के जाँच-नवीस
इसे जान देने की वजह

पर उन्हें कोई चाकू तो दिखा नहीं
सो ख़ुद को मारने का सबब
और कुछ नहीं पढ़ाई में पिछड़ना भर
माना गया!

पर जो सूरत ये हो
        कि पढ़ाई में पिछड़ना,
छोड़ दिया जाना उदास-असमर्थित,
पड़ते जाना अलग-थलग,
अपने अधिकारों को भींचे
उन्हीं पर शर्मिंदा होने की दमघोंटू स्थिति में
महदूद कर दिया जाना ही
                जातिगत-भेदभाव हो
                        तो...

भेदभाव का आध्यात्मिकीकरण
          सांस्कृतिक भिन्नता है

दर्शन सोलंकी के साथ भेदभाव नहीं हुआ
उसे तो पारम्परिक पार्थक्य का
आध्यात्मिक सुख दिया गया!

जाति उसके लिए दंश थी
दूसरों के लिए तो संस्कारों की निर्मात्री रही है

और जब उसे मुक्त कर दिया गया
          अधिकारों का संजीवन देकर

तो दूसरों से शिकायत कैसी?

वे भेदभाव नहीं, बस गौरव धारण करते थे!

दे वर जस्ट बींग देमसेल्व्स!!

जाँच-नवीस जो ये भी लिख देते कि
दर्शन सोलंकी ने आत्महत्या भी नहीं की
तो ये भी ठीक ही होता

वो तो दरअसल पायदानों पे चढ़ता-चढ़ता
उनके बीच की ख़ाली जगह से गिर गया था,
          जगह जो समाज को भरनी थी

दर्शन सोलंकी ने आत्महत्या नहीं की
वह अधिकारों के अपने पर काट कर उड़ना चाह रहा था,

उड़ गया, जो उसे दिया गया था उसे लौटाकर

उनकी अनिच्छा उन्हें भेंटता हुआ
जो उसे अपने बीच पाकर असहज हो उठे थे!

ऐसा करते हुए दर्शन सोलंकी
अपनी देह से मुक्त नहीं हुआ
उसे अपने साथ लेकर गया

मानो कह रहा हो उसकी देह उसकी देह है
छुआछूत का डेरा नहीं
जिसे क़ानूनी बाध्यताएँ लगाकर ही
सुरक्षित किया जा सके!

दर्शन सोलंकी जब अपनी देह के साथ उड़ रहा था
एक बहुत अभागी किताब के पन्ने
हवा में यूँ फड़फड़ा रहे थे
जैसे फट ही जाएंगे!

झीनी और कटी-फटी हवा में
वो नैतिक शक्ति नहीं बची थी
जो उसकी गिरती हुई देह संभाल सके!

देह गिर रही थी
मेरिट और रैंक के जंगल के ऊपर
बुझती हुई एक अदद चिंगारी की तरह!

महामारी की अन्तर्राष्ट्रीयता

महामारी की अन्तर्राष्ट्रीयता में
इस विवेक का प्रचार हुआ कि
सतर्कता दैनन्दिन का सबसे ज़रूरी पक्ष है
सन्देह सबसे सहज प्रवृत्ति
सुरक्षा सबसे महत्वपूर्ण नीति
और जान बचाना ही सबसे बड़ा मूल्य

आशंकाएँ सम्भावनाओं पर भारी हैं
सभी मनुष्य एक दूसरे के लिए खतरा हैं
और सारे मुल्क अपनी मौतों में एक हैं

इस बीच मानवता के न्यायालय में सदियों से
आत्मसम्मान की लड़ाई लड़ रही ज़िन्दगी को
यह फ़ैसला सुनाया गया कि
न्यायाधीश उसे पहला और आख़िरी मूल्य मानने को तैयार हैं बशर्ते,
अबसे ज़िन्दगी को जान की न्यूनता तक सीमित माना जाए

महामारी के बाद के उत्तर-जीवन में
ज़िन्दगी को एक आई-कार्ड दे दिया गया
ताकि उसमें और मौत में भेद किया जा सके
और मनुष्यता की अन्ततः यह परिभाषा तय हुई,

जो ज़िन्दा हैं वे मनुष्य हैं,
जो ज़िन्दा रहने के लिए जीते हैं वे मनुष्य हैं,
महज़ ज़िन्दा रहने का आदर्श ही मनुष्यता है
और,
'जान है तो जहान है'
इस उत्तर-जगत का पहला
और आख़िरी सांस्कृतिक सूत्र है!

प्रतिदिन

सुबह-सुबह द्वार पर खड़ा है
दूत प्रतिदिन का
प्रतिदिन की दुश्चिन्ताएँ लिये

गल गई है पकड़ दिन पर
वह जो कल रात गहराते वक़्त
किसी चमत्कार सी महसूस हुई थी
दोपहर की चिकनी बर्फ़ पर फिसलते हुए
शाम कहीं जाकर ज़मीन पर रुके थे कदम

पश्चिम में डूबता जगत
जिस्म के पूरब में मिल गया था
मन में भरोसे का भीना फूल भिन गया था!

दिन एक उपलब्धि है
मृत्यु की मरती-जीती-महीन अनुगूँजों में बिलोई हुई
लू के थपेड़ों में किसी बूँद सी सोई हुई

विराट चिन्ताओं के पोत भी कभी
समाधानों के बन्दरगाह लग जाते हैं
पर छोटे-छोटे सन्देहों की नौकाएँ
खाती रहती हैं थपेड़े
सलवटों से खाली समुद्र में
उन्हें खींच कर लाना होता है उन पानियों तक

जहाँ संशय और विश्वास
आपस में मिलते तो हों
पर एक दूसरे का अतिक्रमण ना करें

समस्याएँ जहाँ चुभे नहीं, निभें
जोड़ते-जोड़ते जुड़ें सिरे
किसी अन्तिम रूप में नहीं
बस हाथ आ जाएँ

ऊब के गाढ़े कीचड़ में जैसे
दिख जाए उजले पानी की धार
जहाँ, जब ऐसा होने की सम्भावना हो,
तो हम वहाँ हों
झाड़ू देते, बर्तन मलते, चाय पीते,
या खेलते बच्चों के साथ

चुन ना लें
यथार्थ की दुरूहता देखकर
बेरुख़ी की बन्द खिड़कियाँ
कर ना लें ख़ुद को
ईर्ष्याओं और विश्व-विनाशकारी उलझनों के हवाले

हों उपहार पाने की स्थिति में
चाहे वे फिर महज़ शब्द या पीड़ाएँ ही क्यों ना हों

हमपर अर्थ मिलें,
बिखरे नहीं टकराकर
किसी के इन्तज़ारी के टिकट
हमपर आकर कन्फर्म हों!

क्या हम प्रतिदिन की
नित्यता में इतने खोये हैं कि

इस नित्यता में निहित
अभूतपूर्वता से
निबटने को तैयार नहीं?

चुपचाप
बहती नदी का मौन हाहाकार
कटाव की कराह
अन्तर्धाराओं की अन्तर्कथाएँ
सतह का गर्भत्व
गहराई का उथलापन
और साथ रह रहे साथी का दुख
सब तो दृष्टि के सामने ही
व्यतीत होता है
अतीतता है धीमे-धीमे यूँ ही

और दिन पर दिन
घुल जाते हैं
समय की अन्तहीन बरसात में

हर दिन एक उत्तरकथा है
सुनी हुई कथा का नया प्रदर्शन
एक पुनर्पाठ
एक उपलब्धि, एक निराशा
जूझना और पलायन
पक्षधरता और उदासीनता
नीति और राजनीति
व्यष्टि और समष्टि
वैर और प्यार
उपेक्षा और परवाह

क्या हैं ये सब प्रतिदिन की
निरन्तरता से विलग

बस कुछ बेजान शब्द?

दिवस की दिव्यता में
आँखें खुली रखे बग़ैर
क्या मूल्य है भला
हमारी गवाही का भी?

ख़ून की ख़बर

जो ख़बर पहुँची है उसे मसल दिया है आसमान पर
ये ख़ून की ख़बर है उसे घर की दीवारों पर साट दिया है
जूते-चप्पल के रैक में जैसे पॉलिश की गंध वैसे ही बस गई है कोने-कोने
पोशाकों से उठ रही है जैसे ताज़े बनाए हुए कपड़ों से इस्त्री की भाप
दाल निकालते हुए देखा कलछुल के मुँह पर थोड़ी सी लगी है उसे अच्छे से मिला दिया
सब्ज़ियाँ एक-एक कर निकालीं झोले से उनपर लगा ख़ून धोने से धुल जाएँगे विटामिन भी
पानी पिया जैसे ख़बर को बूँद-बूँद पी लिया हो
आज नहीं फाँकनी होगी ईसबगोल की भुस्सी
तुतमलंगा के संग्राहक और प्रवाहिका शामक गुणों पर गम्भीर चर्चा के बाद भी इतना सुख नहीं मिला था!
पुराने अख़बारों को बेच दिया रद्दी में पूरे सन्तोष के साथ कोई-चिक-चिक नहीं की
पत्नी के साथ वॉक पर निकल गए लो ख़ून की ख़बर जॉगिंग ट्रैक बन गई!
चिरैता, करेले और नीम का जूस पिया, मशीन से निकल रही रेशेदार गुत्थियों में मिला हुआ ख़ून देखा सब सुलझ गईं
कितना गर्म धूलभरा दिन था कैसी चमक उठी ख़ून की ख़बर शाम होते-होते और द्वारका वाला फ़्लैट भी किराये पे चढ़ गया
अब कल घर को करवाना है डीप-क्लीन ना कॉकरोच ना मकड़ी मच्छर छिपकलियाँ कुछ नहीं बचेगा
पंखे की फर्राटेदार हवा में कैलेंडर की जगह फड़फड़ा रही है ख़ून की ख़बर जैसे ख़स का ठंडा शरबत
जैसे एसी वाले कमरे में ख़ुश्क सर्दी का धीमे-धीमे बढ़ता दायरा
ऊँची आवाज़ में सुनाई वह ख़ून की ख़बर-वह न्याय ख़बर कि सुन लें दूर इफ़्तारी उड़ा रहे रोज़ेदार भी

आज आई है ये ख़ून की ख़बर कब तक टिकेगी कहीं सुबह होते-होते ना पपड़ियाने लगे
इसे सींच दो रोपो नये पौधों के साथ वे जो सिटिंग में रखने के लिये मँगवाए हैं
बीपी की दवा के साथ खानी है ख़ून की ख़बर यात्रा भत्ते के फ़ॉर्म के नीचे तो नहीं सरक गई
मिस लोयोला को ऑफ़िस में लौटाना था ईस्टर के केक वाला टिफ़िन लौट तो नहीं गई ख़ून की ख़बर साथ में
आने वाले हैं रिश्तेदार क्या प्लेटिंग में लगेगी ख़ून की ख़बर
वे बिल्डर के दोस्त हैं जो दोस्त थे माफ़िया के अब परमार्थी हैं बिल्डर भी रिश्तेदार भी
उनके पास होगी ख़ून की ख़बर की ख़बर न्याय की पूरी क्रोनोलॉजी वे जिसे आधी रात तक सुनाएंगे
कितनी राहतभरी पर कितनी एग्ज़ॉस्टिंग है ख़ून की ख़बर
अब एक हफ़्ते भी ना मिले ग़म नहीं आह! ये साफ़-शफ़्फ़ाफ़ ख़ून की ख़बर!
हमारी बाम्बियों का ख़्वाब ख़ून की ख़बर! इसे चाट अब सोये रहो इत्मीनान से कुछ दिनों के लिये!

भय है!

कविता, प्रेम और विचार में
बसी हिंसा से भय है

भय है उन ठीहों से भी
जिनसे ये सम्भव होते हैं

मेरा पुरुष शरीर बनाने, मूँछों पर ताव देने
खड़े होकर पेशाब करने में नहीं

उस जगह छुप खड़ा है
जहाँ से कवि-विचारक-प्रेमी होने की राहें खुलती हैं

उस जगह से भय है

प्रेम के बारे में कह सकता हूँ
शायद कभी उतना नहीं किया
जितना पाया है
विचारों के सन्दर्भ में सही होगा कहना
यूँ भी हुआ है कि उन्हें इधर-उधर से उठाया है
कविता लिखी है कविता के रास्ते बन्द करने के लिए
कई बार

मुझे भय है
कितना क्रूर हो सकता हूँ मैं
ऊपर से कवि, प्रेमी और विचारक दिखता हुआ

सबसे बढ़कर मुझे आप से भय है
कि आप मेरी इन भूमिकाओं से कितने सन्तुष्ट हैं

मेरी चिर-युवता पर बुरी तरह से फ़िदा

मुझे आपकी और अपनी
इस मिलीभगत से भय है

गंगो-जमन, क्या गया तुम्हारा?

गंगो-जमन, क्या गया तुम्हारा
जो जमन धीमे-धीमे जलावतन हुआ
और सिर्फ़ हर-हर गंगे रह गया

क्या गया तुम्हारा?

तुम तो शाहजहानाबाद की ठंडी गलियों में
अपने सप्ताही दौरे लगाते ही रहे
शाहिद का गोश्त
असलम की बिरयानी
और अनवर का शीर-माल
'होम-डिलिवरी' पर
शहर की दूसरी तरफ़ मँगवाते ही रहे

'जश्ने-रेख़्ता' पे जाके उर्दू का सालाना कोटा ले आए
'सूफ़ियाना' में शख़्सियत पर रूहानी रोगन करा आए
इस्लामी इबादत की बारीकियों पर थीसिस भी लिख डाली
अपने विदेशी दोस्तों को कराई 'उन' इलाक़ों की सैर
घर पर रख लिया क़ुरआन का अंग्रेज़ी अनुवाद
और कोक स्टूडियो पर क़व्वालियाँ सुन झूम उठे!

क्या गया तुम्हारा?

ऊँची हाउसिंग सोसाइटी के
ऊपरी माले के अपने फ़्लैट में

ढलती शाम के रंग और हिन्दुस्तानी मौसिक़ी के
ज़ायके पर बात करते हुए
क्या कभी ध्यान से गुज़रा तुम्हारे
कि सुनते नहीं अज़ान की आवाज़ अब एक भी बार दिन में
कि उतनी ऊँचाई से मंज़र शहर की बस्ती में
दूर-दूर तक नहीं रहे कोई
जो तुम्हारे ताने-बाने में कहीं
चंद धागों की तरह ही बस सकें

तुम्हारे सहकर्मी को रहना पड़ा पुराने शहर की पुरानी बस्ती में
और तुमने नए इलाक़े की रासायनिक शुद्धता के अनुसार
ख़ुद को भी चतुराई से शुद्ध कर लिया!

क्या गया तुम्हारा?

जब दबी ज़बान में तुमने भी
'पब्लिक प्रॉपर्टी' को पहुँचने वाले नुक़्सान के लिए
'प्रदर्शनकारियों' को दोषी ठहराया
जब जान लिए जाने को बहाना बताया
और बहुत अफ़सोस ज़ाहिर किया
क़ुर्बान हुई जवानियों पर!

मज़हब तुम्हें राह का रोड़ा लगा
अपनी कॉस्मेटिक धर्मनिरपेक्षता में पहचान का हर रंग
तुम्हें ऊपर से ओढ़ा लगा

तुम अपने भी कहाँ हुए
साझी तहज़ीब के सुलझे हुए सौदागर!

गंगा से लेकर जमुना तक
रवि वर्मा से लेकर हुसैन तक
जो बिका साँस्कृतिक हो गया
तुम्हारे उदार मन का सांकेतिक हो गया!

पर नंगे पैरों वो चित्रकार जब मुल्क़ से निकला
तो तुमने उसके तलवों का दर्द
क्या कभी अपने दिल पर महसूस किया?

क्या रंगों पर उतरे आसेब
तुमपर भी कभी उतरे
गंगा के किनारे खप गए
जमुना का जी सूख गया
पर तुम्हारे साहित्यिक उत्सवों की रौनकें कहाँ गईं!
शायरी के मिज़ाज पर सालाना नशिस्तें कहाँ गईं!!

गंगो-जमन क्या गया तुम्हारा

पर सोचो की क्या गया तुम्हारा
जब तुम हिंदुस्तानियत का स्वाँग भरते रहे
और हवा में उभर आए ठिठके हुए जीने
शहर में पसर गईं
सुन्सान और दहशत-आशोब सड़कें
भीड़, ज़र्द चेहरों और सन्न निगाहों की सूरत बन गई
एक मस्जिद आसमान के कैनवस से यूँ ही मिट गई
पुरानी एक आस दिल ही दिल में घुट गई
यमुना बदल गई जली हुई जीभ से नाले में
जिसमें वृन्दावन के मवेशियों की लाशें
और ख़याल की बन्दिशें तैरती हैं!

गंगो-जमन क्या गया तुम्हारा
पर सोचो तो सब गया तुम्हारा
जब जमन धीमे-धीमे जलावतन हुआ
और वतन भी धीमे-धीमे बेवतन हुआ

क्या कभी सोचा है
कि अहद की दुश्मनी से ज़्यादा
जमन को मुसलसल तुम्हारी
नादान दोस्ती से ख़तरा था
पुख़्ता अहसासों की ज़रुरत को
तुम्हारे दिल की नींद-भरी नरमी ख़तरा से था!

किताबें खोने पर : अगस्त 2006

जल्दी में
मोज़े पहने नहीं
बैग में डाल दिये
कुछ मूँगफलियाँ, कैसेट
घिसे हुए मंझे का तार, भीगी हुई पतंग,
सूखी हुई कलमें,
कुछ किताबें भी
बैम के ठंडे
निस्तब्ध
निर्निमेष परिवेश को
सुपुर्द कर दीं
बैग की चेन बन्द करते ही
बाहर का क्लांत मौसम
भीतर के अविभाज्य,
अद्रवित मौन में घुलने लगा
एकाएक हाशिये में सिमटे बादल
आसमान की अगाध असीमता में फैल गए
धरती के सीने पर अदृश्य उँगलियों से
संध्या भाषा लिखी जाने लगी
मैंने बैग बन्द किया
और बस पर चढ़ गया
तफ़सील से पीछे छूटते
दृश्यों को देखने लगा
एकाएक सड़क की
परली तरफ़ देखा तो पाया
कुछ किताबें मोज़े पहनकर

मूंगफलियाँ टूँगती
भीगी पतंग
चिड़ियों को सौंपती
चली जा रही थीं
मेरा बैग बिल्कुल ख़ाली था
शंखपुष्पी उजास से दिपता हुआ।

सही-गलत का बोरिंग गाना

चिया को इक तस्वीर दिखाकर
बोले गलती ज़रा निकालो
देखो कोई गड़बड़ है क्या
एक नज़र तो इसपे डालो
एक चाँद दो कानों वाला
घने पेड़ पर नाव चढ़ी है
बरस रहा सूरज से पानी
और बादल में आग लगी है!
चिया ने आँखें गोल घुमाईं
और भवों को बीच में साधा
मोम की लेकर दियासलाई
फिर चन्दा की नाक बनाई
नाव में दो पतवारें डालीं
और पेड़ के फ़ीते बाँधे
सूरज में एक पाइप लगाके
दे डाली बादल के आगे!
भीनी सी मुस्कान चढ़ाई
और हाथों को दूर बढ़ाया
देख-दाख के समझ-बूझ के
मुझको अपने पास बुलाया
अब कोई गलती रह गई हो तो
पापा मुझे ज़रा बतलाना
जब देखो गाते रहते हो
सही-गलत का बोरिंग गाना!

सभी वायदे निभाता है आपातकाल

कितना अच्छा होता है जब
एक नैतिक उत्तेजना के साथ न्याय उवाचते हैं न्यायालय
चुन-चुन कर चुनिंदा दफाएँ ठोंकती है पुलिस
संसद में विचार-हत होने पाएँ
इससे पहले ही ले लिए जाते हैं फ़ैसले
धड़ा-धड़ निकलते हैं बिल
बनते हैं क़ानून
मीडिया, चौकन्ना, तत्पर और युद्धोत्सुक
रखता है नागरिकों को
सभी कल-पुर्जे समवेत स्वर में करते हैं हरकत
जमकर तेल पिलाया हुआ तंत्र
चलता है एक मशीनी कार्यकुशलता के साथ
ऐसे आपातकाल को नहीं रहती
किसी घोषणा की ज़रूरत
और कहा जाता है उसे अमृतकाल
जैसे सागर-मंथन की कथा में
वैसे ही अमृत प्राप्ति के उपरांत नहीं बच रहता कोई प्रतिपक्ष
अपने सभी वायदे निभाता है आपातकाल
जैसे विधि का विधान हो
लोग अपनी-अपनी नियति को प्राप्त होते हैं
कर्मों का फल भोगते हैं इसी जनम में
सतत चमत्कार है आपातकाल
अन्तहीन आखेट का रोमांच
कातिलाना मौज की हू-हू
प्रतिशोध की सुन्न कर देने वाली पिनक
लिस्ट से एक-एक कर काटे जाते नाम।

चाँद, इस वक़्त!

चाँद, इस वक़्त!

बेडौल, बेवक़्त
नीले उजलके में चुआ
सफ़ेद रंग का धब्बा
टूटा बताशा
अँगूठे का निशान
        चाँद इस वक़्त!
अभी बच्चे खेल रहे क्रिकेट
उड़ रही धूल-मच रहा शोर
कैऽऽच-कैऽऽच होऽऽ होऽऽ
प्यास की उँगली थामे
कुछ खिलाड़ी चुपचाप
सरक गए नलके की तरफ़
होंठों पर उछल रहा पानी
किरमिच की फटी हुई गेंद
        चाँद इस वक़्त!
अभी डूबा भी नहीं सूरज
दफ़्तर में बैठा जला रहा
बादलों के काले पेज
गुलमोहर अभी भी लाल-अमलतास पीला
शाहबलूत की मुँदी हुई आँख
        चाँद, इस वक़्त!
इक्का-दुक्का इमारतों के इक्का-दुक्का घरों में
आँखें मिलमिला रही रोशनियाँ
कोई पुकार उठ रही-कूक रही कोयल

अपने ही स्वागत-समारोह में समय से पहले पहुँचा
        चाँद, इस वक़्त!

बेडौल-बेवक़्त

बेअसबाब-ओ-रख़्त
        चाँद, इस वक़्त!

कभी-कभी

कभी-कभी
गहन होती कोई अनुभूति
कैसे एकाएक छीज जाती है
उबाल पर आया दूध फट जाए जैसे
कभी कोई दुख
अगर संस्पर्शी बना रहे
तभी दीर्घायु होता है
दिल तक धीमे-धीमे
उसकी आँच पहुँचती रहती है
थपकियों जैसी
नहीं तो बुझ जाता है भभककर
या तो पाषाण ही बना देता है
नहीं तो स्वयं
प्रहसन बन जाता है
कभी-कभी गहराता हुआ एकान्त अचानक
चिन्दी-चिन्दी हो जाता है कैसे
गाढ़ी होती संवेदना पानी हो जाती है
कैसे बहुत सोचते रहने पर कभी कोई बात
अपनी निजता खो बैठती है
और अनुभवों के निष्ठुर संग्रह में
शामिल होकर कोरी हो जाती है
ऐसे में अक्सर एक विस्मय भरे ख़ालीपन से
घिर जाता हूँ मैं
वह ख़ालीपन जो फिर
रौंदी हुई
दूब सा महकता है।[1]

1. इस एक्सप्रेशन के लिए मार्ख़ेज़ का शुक्रिया।

स्कूल से लौट रहा बच्चा

स्कूल से लौट रहे
नन्हें बच्चे के झूलते हुए बस्ते से
रगड़ गया है एक पौधा गुलाब का
धीमे-धीमे अपने वृंत पर डोल रहा है गुलाब

लम्बी-तनय शाख़ भी
अपनी काया डुला रही है

बच्चे का ध्यान तो नहीं गया इस बात पे
पर स्कूल से उसके पीछे लगे कुत्ते का गया है

विशेषकर उस पीले भँवरे पर
जो गुलाब से उड़कर
एक किरणीली शहतीर के
चक्कर काट रहा है
कभी वो कुत्ता भँवरे को पंजे से दाबना चाहता है
कभी थूथन घुमा कर उसे धराशायी करना
वो असफल हो रहा है पर मश्गूल है

बच्चा और कुत्ता जो अब तक साथ-साथ थे
अब डगर पर अलग-अलग हैं
बच्चा अब अपने जूते के साथ है
बल्कि जूते की नोक के साथ
और जूते की नोक एक लुढ़कन ढेले के साथ

स्कूल से लौट रहा है बच्चा
कुत्ता भी वहीं से लौट रहा है
पर शायद ये कहना कि
कुत्ता स्कूल से लौट रहा है
कुछ ठीक नहीं होगा
ये कह सकते हैं कि कुत्ता
स्कूल से बच्चे को लौटाकर ला रहा है

नहीं, शायद यह भी नहीं

फ़िलहाल, मान लेते हैं कि
कुत्ता बच्चे को साथ के व्याकरण में
तालीम दे रहा है

पर उस पीले भँवरे ने
जो अब उतना ही काला भी दिखाई दे रहा है
उसकी चहलक़दम तपस्या भंग कर दी है

दोपहर है सन्नाटे से भारी
धूप चढ़ाए बैठी है
पत्तियों की सरसराहट
टहन-टहन टुक-टुक
टिप-टिप-कल-कल
(कोई भटका हुआ पानी कल की बरसात से)
उसके अलावा कोई आवाज़ नहीं

प्रदेश की सारी बसें
सरकार ने अपनी रैलियों में भेज दी हैं
इसलिए उसकी माँ नहीं आ पाई आज उसे लेने

ऐसा अक्सर ही हो जाता है

पर उसे पता है
माँ के नहीं आने पर क्या करना है

बस की थर्राहट से मुक्त सड़क
कितनी अकेली है आज
अनमनी और किंकर्तव्य
शायद उसे नहीं पता
माँ के नहीं आने पर क्या करना है

यूँ तो किसी को नहीं पता ठीक-ठीक
कि उन्हें क्या करना है
पर सभी चीज़ें धीरे-धीरे सरक रही हैं
अपने-अपने गंतव्यों की तरफ़

माँ की निगाहें उस पहाड़ी मोड़ पर टिकी हैं
जिसके माशी साये से निकलता हुआ
पहले शायद वह पत्थर दिखेगा,
फिर उसका बच्चा
फिर सम्भव है साथ के पथ पर लौटा हुआ
वह कुत्ता भी दिख जाए।

ग़ुब्बारा

छोटी कार
छोटा घर
छोटी ट्रेन
बच्चे की दुनिया
भरी है वयस्क चीज़ों की
लघुप्रतियों से

जैसे-जैसे बड़ा होगा बच्चा
छोटी चीज़ें
छूटती जाएँगी पीछे
उनके वास्तविक संस्करण
बढ़ते जाएँगे उसके जीवन में

चीज़ें जो असली,
सचमुच की, और
बड़ी होंगी

बच्चे की दुनिया में
ग़ुब्बारा ही है
जो ब़ड़ों की दुनिया में भी
बचपन का ही होगा

इस ग़ुब्बारे से अलग
नहीं होगा कोई सचमुच का ग़ुब्बारा
बड़ों की दुनिया में

जैसे-जैसे बढ़ेगा बच्चा
गुब्बारा उसके लिए नहीं
वह गुब्बारे के लिए
अनुपयुक्त होता जाएगा

यह फिर बच्चे पर होगा कि
वह अपने आपको गुब्बारे के
लायक़ बनाये रखे

और उस गुब्बारेवाले के भी
जिसके पेट में गुब्बारे की तरह ही
बस हवा भरी है।

महामारी में बसन्त

आसमान एक सिद्ध नील
उसमें पंछी पर्यटनशील
पवन निर्मल और सजग शील
चहुँओर बिखेरे स्वर्ण खील
लहर रहे कुसुमित कंदील
ख़ुद मधुबसन्त दे रहा ढील

कितना साफ अन्त:करण है प्रकृति का
महामारी के समय में

बिल्कुल वैसा
जैसा सत्ता का होता है

बसन्त सचमुच महंत है
और महंत बसन्त की तरह निस्पृह।

एक मंज़र है शहर, जो बीतता ही नहीं

[दस मई 2020, पहले लॉकडाउन के दौरान पूर्वी दिल्ली में]

एक मंज़र है शहर
जो बीतता ही नहीं
एक अछोर रेगिस्तान
जिसमें घुटनों पर प्यास रेंगती है
एक छलछलाता समुद्र
जिसमें डूबे जहाज़ों के
मस्तूल तैरते हैं
धँसी हुई आँखें जहाँ
बियाबान तकती हैं
तेज़ हवाएँ लकीरें खींचती हैं
पिचके हुए पेट की खाल पर
गाढ़े नाले की सड़ी हुई अपच
गंधाती है पहले से ज़्यादा,
हवा में बदबू के
नये-नये दरीचे खोलती हुई,
रिक्शे, खाली फ़ोटो फ्रेमों से
लटके हैं आड़े-तिरछे
सड़क की सूनी दीवार पर,
नीम बेहोशी में अधमरे क़दम
घिसट रहे हैं
ना जाने किस मंज़िल की जानिब
ये सपाट ज़मीन पर पर्वतारोहण है
दुनिया देख रही है
रिकॉर्ड बनते हुए
पटरियों पर ख़ून है

जैसे उचक्की नींद की
काली सिल पर
मसले हुए सपनों का रस,
ट्रेन रोटियाँ लेकर चली गई है
उस बिन्दु की ओर जहाँ
पटरियाँ मिलती दिखाई देती हैं
पर मिलती नहीं
घर झिलमिलाता है पर होता नहीं
आप ने कभी खाई हैं
उम्मीदे-नामुमकिन से
गूँथी हुई रोटियाँ?
मैंने तो नहीं खाईं
सर पर भगोना भर
गंदला और गुमसुम चावल लिए
माध्यमिक स्कूल से
बाहर निकल रहा बच्चा,
बच्चा नहीं
बचपन की बेशक़्ल रूह है
उसकी परछाईं सड़क पर नहीं
आसमान पर पड़ रही है,
जो रास्तों में अवसन्न बैठे हैं
क्या रामकिंकर बैज के
मूर्ति-शिल्प हैं?
पर पत्थर की जगह हैं हड्डियाँ
हाड़ के दिवास्वप्न या
ऋषि दधीचि के काल-प्रेत,
इस बार देवता असुरों से नहीं
वाइरस से लड़ रहे हैं
उन्हें वज्र नहीं अवज्र चाहिए
जिसे बूँद बूँद चूस सकें
और जीवित रह सकें
इस मृत्यु पर्व में,
टिमटिमा रही हैं बत्तियाँ शहर की
रोशनियों के तीरों से बिंधी है भूख

रात का नमक चाट रही है नींद
चाँद आसमान के काले पतीले में
सख़्तजान अंडे सा उबल रहा है
ज़मीन तक सुनाई दे रही है
मर्तबान की ठनठनाहट
पर सिर्फ़ आवाज़ ही,
आपने देखा है लोगों को भूख से
बर्तनों में बदलते हुए?
वो औरत क्या फुटपाथ पे
बेटियाँ नहीं कटोरियाँ जनेगी?
और ख़ुद,
एक कातर कलछुल में बदल जाएगी?
निहत्थे, निरीह, औंधे बर्तन
ग़ुस्से के तट पर
सीपियों की तरह पड़े हुए,
किन्नर बस्ती में
चुप हैं घुँघरू
ढुलकी हैं ढोलकें
दुआओं के चीथड़े
लटके हैं छाया वृक्षों से
सेक्स की तरह जन्म भी
हो रहा है पर्दे के पीछे
ख्वाजासरा
तुम्हारी नाक की लौंग
शाम के
फीके तारे की तरह उदास है
और ये क्या गले से
मर्सिये फूट रहे हैं!
क्या कभी लौटेंगे
बधाइयों के दौर?
या जीवन को अब सगुन की
ज़रूरत ही नहीं रही!
स्टेशन माचिस के डिब्बे सा
ट्रेनें सीली तीलियों जैसी

बसें सिगरेट के जले हुए टुकड़ों सी
खुसी हुई कोनो में,
खाली ठेले शराबियों की तरह
एक के ऊपर एक चढ़े हुए
सूखी सब्ज़ियों पर इन्तज़ार की
सैकड़ों आँखें झपकती हुई,
शहर एक सिनेमा है
चाँद सिनेमा का आख़िरी शो,
संजय झील पर
नशे और अकेलेपन के ढूह
देखते हुए बोटिंग राइड,
एक भुतहे वाटरपार्क की घुमावदार स्लाइड,
गुमशुदगी की सूचनाएँ खा-खा के
अघाई हुई बेरंग दीवारें,
आश्रय कॉलोनियों में रेडियो पर समाचार सुन रहीं
आहत और समर्पण कर चुकी मुद्राएं,
शहर एक नक़्शा
किसी ख़ब्ती नक़्शानवीस का ख़्वाब
एक मंज़र, जो बीतता ही नहीं
जबकि बहुत कुछ बीतने को है
लगभग बीत चुका है
तक़रीबन जा चुका है
हम ना जाने कबके डूब चुके हैं
एक कभी ना ख़त्म होने वाली
बाढ़ के नीचे,
ज़िन्दा पर
जलमग्न।

कमला नगर : दिल्ली

बिजली के तारों का उलझा जाल
किसी एक पर...नहीं दूसरे...नहीं तीसरे पर
एक कबूतर पंख फड़फड़ाता, देह खुजाता
सुबह के धूप-धुँए में बदन जलाता
कभी बैठता है किसी मकान की वीरान खिड़की पर
कभी फ़ाइबर के हरे शेडों पर
मुँह लटकाए छज्जों पर कभी
पंख फुलाता
देह बजाता
धूल उड़ाता
तिनके औराता
तिनके बिखराता
कभी कार के बोनट पर
गंदे रोशनदानों में कभी
पर उसी छोटी सी चौहद्दी में
सिरे नाप रहा है
सुबह ताप रहा है

अब जहाँ बाहर की सड़क
गली को काटती है
यानी जहाँ तुम खड़े चाय पी रहे हो
देखो वहाँ से
लम्बी सँकरी गली में

हर कुछ दूर पर बिजली के खम्भे
यातायात की सड़कें जहाँ

भंग करती हैं गली का एकान्त
यूँ ही तारों के जाल
सटे हुए मकानों के बीच
यूँ ही कई कबूतर
बदबू के वातायन में साँस लेते
प्राण बचाते
नींद उड़ाते
बीट गिराते

कहो ये देखकर लगता नहीं
कि दुनिया के तमाम राजनयिक अनुष्ठानों में
उड़ाये गए शान्ति-कपोत
इन्हीं गलियों में बसते हैं!

हम

[1]

साथ चलते हैं तो यूँ
जैसे कहीं जाना नहीं है
बात करते हैं तो ऐसे
मानो कुछ बताना नहीं है
झगड़ते हैं तो इस तरह
कि कुछ मनवाना नहीं है
जब साथ होते हैं हम
हमारी क्रियाओं के केंद्र नहीं होते
जब साथ होते हैं हम
तो क्रियाओं में बदल जाते हैं।

[2]

हम नाम लेते हैं एक दूसरे का
तो हमारे नामों की पुकार
गूँजती रहती है हमारे भीतर
ये गूँज भीतरी होकर भीतरी नहीं होती
बाहरी तो हर्गिज़ नहीं
हम नाम लेते हैं एक दूसरे का
तो हमारे 'मैं' तेज़ चाकू की धार
से महसूस होते हैं
वह जो चाकू और दुनिया से
उसके सम्पर्क के बीच
मौजूद होती है

अदृश्य
पर असन्दिग्ध!

[3]

हमारी महक
हमारे जैसी
प्यार करना
प्यार करने जैसा
साथ रहना
साथ रहने जैसा
हममें से एक
जब सोचता है दूसरे को
पाता है अपने को
उपमाओं के जाल से
मुक्त होता हुआ।

[4]

रात के कोठार में
हमारी गंदुमी महक
भोर के झीने कपड़े में
प्यार की रोटियाँ बँधी हुई।

फ़लस्तीनी बच्चों के नाम

[2006, ग़ज़ा पट्टी पर हमले के बाद]

बचपन के कुछ अपने ही दर्द होते हैं
खास उसी उम्र से जुड़े हुए
सीधे, सरल, मारक, तीखे,
सच्चे, चमकदार, ख़ालिस दर्द
ना कोई चिकित्सीय पेचीदगी,
ना कोई जटिलता
कारण भी ज्ञात होता है और निवारण भी
शरीर के किसी कोने से दर्द उठता है
और कुछ देर में पूरा बदन दर्द का वाद्य यंत्र होता है
पसीने में नहाया, थरथराता हुआ
दो भागों में बँट जाता है शरीर
एक जहाँ तक दर्द की तरंगें पहुँचती हैं
और दूसरा उसके परे
हम दर्द से बोझिल, गर्म और काँपते हिस्से में होते हैं
हम दर्द रहित, हल्के और प्रफुल्लित हिस्से में होना चाहते हैं
ये बचपन के तय, अपेक्षित, स्मरणीय और अनिवार्य दर्द होते हैं
इनसे बचना सम्भव नहीं
इनके बिना बचपन नहीं

उम्र बढ़ने के साथ गहराते हैं रोग भी
कमज़ोर पड़ता है बदन भी
पर वो शरीर तोड़ने वाली बात नहीं रहती
और हर दर्द अन्ततः दिमागी होता है
हम दर्द की नहीं दर्द के वाहमे की दवा लेते हैं
और कभी ठीक नहीं होते

बचपन के उन दर्दों में सबसे भयावह होता है
कान का दर्द

दिन भर
शोर-शराबा

सही-ग़लत
अच्छा-बुरा
गीत-संगीत
चुटकुले, ठहाके
उमेठियां, तमाचे
और जाने क्या-क्या सहने, सुनने, समझने के बाद
एक उधम भरे चमकीले शरारती दिन के उपरान्त
शाम के उतरने के साथ ही
कोई एक कान अपनी ही धुन में चिलकने लगता है
कनपटी गर्म होने लगती है
त्वचा नर्म होने लगती है
शरीर का गुरुत्व केंद्र कान वाले हिस्से में खिसक जाता है
दाएँ या बाएँ
हम पहले दो हिस्सों में बँटते हैं
और फिर कुछ देर में समूचे एक कान हो जाते हैं
लाल दर्द से वाइब्रेट करता हुआ कान
हमें अपने कान से कोफ़्त होती है
दूसरा कान प्यारा, मासूम, दोस्त सा जान पड़ता है
काश वही दोनों ओर होता!
मन होता है अपने बाग़ी कान को
काट के फेंक देने का!

मुझे याद है
दर्द बढ़ने के साथ ही मैं अपना बिस्तर छोड़ कर
अम्मा-पापा के बीच जाकर लेट जाता था
वे सौम्यता से, निश्चिन्तता से,
बिना हड़बड़ाए
मेरे दर्द को पहचानते हुए

मेरी तकलीफ़ को मानते हुए
मुझे आश्वस्त करते थे, दुलारते थे, पुचकारते थे
मेरे दर्द को दुत्कारते थे
एक अचूक पेनकिलर
कुछ स्नेहिल थपकियाँ
और दर्द जैसे आया था वैसे ही चला जाता था

मैं हल्की हरारत में, पसीने में तरबतर
नींद के आग़ोश में समा जाता था
रात भर दर्द का बादल बरसने के बाद
फूल सी हल्की होती थी सुबह
फिर एक अच्छा क्लीनिक
एक मिलनसार डॉक्टर
हरे-नीले-पीले टैबलेट्स
और अगली बार खूंट जमने तक
या तेज़ ज़ुकाम होने तक
कान का दर्द मुल्तवी हो जाता था

मेरे बचपन की सबसे बड़ी तक़लीफ़
यही कान का दर्द रहा
इन दर्द से भरी रातों के अलावा
बचपन में मैंने अपनी नींद कभी नहीं खोई
जानी नहीं इससे बड़ी यातना कभी

मेरा बचपन किसी जंग के साये में नहीं बीता
किसी प्राकृतिक आपदा में मैं कभी फँसा नहीं
भूख, ग़रीबी, लाचारी, बेबसी इन सबसे मैं अंजान था
शायद इसीलिए महज़ कान के दर्द से परेशान था!

मैं ग़ज़ा में रह रहे
बच्चों के दर्द को क्या समझूँ
मैंने जलते हुए घर नहीं देखे
मैंने मलबे के नीचे दफ़्न होते अपने परिजनों को नहीं देखा
टैंक, मिसाइल, रॉकेट ये मैंने टीवी पर देखें हैं

अपने सामने नहीं
सैनिकों को मार्च करते मैंने नहीं देखा
मैं धुएँ के ग़ुबार में कभी ग़ुम नहीं हुआ
मैं डर के बुख़ार में कभी तपा नहीं
मैंने अपने स्कूल को गिरते
घर को उजड़ते नहीं देखा
मैंने बमवर्षकों से भरा आसमान नहीं देखा
मैंने आसमान को सलीब

धरती को क़ब्र बनते नहीं देखा

मैंने बहता हुआ ख़ून-बिखरे हुए मांस के लोथड़े नहीं देखे
मैं बेवतन पैदा नहीं हुआ
मैं अर्स-ए-बेज़मीन पर जन्मा नहीं
मेरे गालों पर हमेशा बोसों की लज़्ज़त होती थी
सर पर शफ़क़त भरी छाया होती थी
मैं उन तकलीफ़ों को कभी महसूस नहीं कर सकता
बयान नहीं कर सकता
मुझे उन मुसीबतों का इल्म नहीं
मुझ पर ऐसी आफतें कभी टूटी नहीं
मैं उन ज़ख़्मों से वाक़िफ़ नहीं
मैंने कान के दर्द से ज़्यादा कोई दर्द कभी जाना नहीं!
मुझे कभी-कभी अपने सुखद, आरामदायक, और महफ़ूज़ बचपन से घिन आती है!

हालाँकि, मैं कान के दर्द से भली-भाँति परिचित हूँ
मैं उसकी आहट मात्र से सिहर उठता हूँ
वह लाइलाज हो जाएगा इस कल्पना मात्र से
मेरी रीढ़ ठंडी हो जाती है
और जब मैं ये सोचता हूँ
कि हर रात फ़लिस्तीन की धरती पर
दर्दों की, ग़मों की,
बेचैन आमद-ओ-रफ़्त के बीच एक दर्द कान का भी दौड़ता होगा
तो मेरे रोंगटे खड़े हो जाते हैं!

बच्चे छोटी और संकरी झोंपड़ियों में
दर्द से हलाकान बिलखते होंगे
सड़े हुए लाल कानों से मवाद रिसता होगा
सुन्न पड़ता होगा मस्तिष्क
बर्गे-ए-गुल से होंठ नीले पड़ते होंगे

जिस्म तेज़ बुखार में तपते होंगे
सारे जहाँ का दर्द
पूरी बिन्दु समग्रता के साथ
एक कान में उतरता होगा
पर उनके माता-पिता के चेहरों पर
वह निश्चलता, निश्चिन्तता, सौम्यता नहीं होती होगी

जो मेरे माता-पिता के चेहरों पर होती थी
मुझे आश्वस्त करती
मेरी तकलीफ़ हरती
मुझमें सुरक्षाबोध जगाती
उनके चेहरों पर एक असमर्थता, एक शून्य, एक शिकस्त
होती होगी
कोरी आँखों में उपेक्षा नाचती होगी
उनसे यह कहती हुई कि
इस दर्द को इतनी तवज्जो मत दो
इसे बिसराओ
या लाओ कान ही काट कर फेंक दें!
न कोई डॉक्टर
न कोई क्लीनिक
बेरहम रात के बाद बेशरम सुबह
डॉक्टरी ज़द से बाहर जाता दर्द
बम की गर्जना में ग़ुम होती चीख़ें....
खामोश होती चीख़ें...

फ़लस्तीन एक बुख़ार से काँपता जिस्म
ग़ज़ा एक दर्द से चिलकता कान

बच्चों से कहते उनके माँ-बाप
कान के दर्द को भूलो
इन बचकानी शिकायतों से बाज़ आओ
ज़ब्र ने तुम्हारे लिए ज़्यादा नये और नीले
दर्द ईजाद कर लिए हैं!

ख़ैर छोड़िये...ये कहाँ आ गए
मैंने तो कहना शुरू किया था
कि बचपन के कुछ अपने ही दर्द होते हैं

ख़ास उसी उम्र से जुड़े हुए
सीधे, सरल, मारक, तीखे, सच्चे, चमकदार,
ख़ालिस दर्द

कम से कम
उन्हें तो जानते ही हैं न

हम सब!

आप सब!

गवाहियाँ

मेरे पास
बची-खुची भाषा है
बची-खुची संवेदनाएँ
और बची-खुची अभिव्यक्तियाँ
मैं लिख देता हूँ इन्हें यदा-कदा
जैसे-तैसे किसी काग़ज़ पर
उन गवाहियों की तरह
जो स्मृतियों के धुँधलाते बिन्दुओं को जोड़कर
बनाई जाती हैं, और अमूमन किसी निष्कर्ष तक नहीं ले जातीं
अब यदि आप इन्हें कविताएँ कह देते हैं
तो इसमें मेरा कोई कसूर नहीं
बल्कि ये तो आपके ही जैसे-तैसे
ज़रा-ज़रा लगभग कभी-कभी और
तक़रीबन होने का सबूत है!

हरा

कितने-कितने रूपों में है
मेरे सामने हरा
हरा बढ़ता हुआ आहिस्ता-आहिस्ता नीले की तरफ
के उसे थाम लिया है
धूमिल नारंगी के आग्रह ने और उलझा दिया है
उलझा कर उसे समय बना दिया है
वह जो ठहरा हुआ है
आसमान के एक नीरव कोने में
हरा पेड़ का हरा
धीर-गम्भीर स्वर में मौन है
कोई परिंदा देह तोड़ता है तो जैसे
गहरी हरी झील एक तन्मय अन्तराल के बाद कुछ कहती है
हरा अपने किनारे तोड़ कर बहता हुआ अतीत में
फिर आता हुआ वापस कुछ लिए हुए
जैसे समुद्री हरा
लेकर आता हुआ सीपियाँ और सीपियों का अतीत
और धरती की कुछ उम्र
वह उम्र जिसमे हम-तुम नहीं हैं
बस धरती है और उसका अबाध हरापन
वह हरा
जो अब, कुछ उदास जंगलों के खम्भित अंधियारों में टपक रहा है
हरा, नसों की वेदना का हरा
वह नसें जो ख़ुद को बुज़ुर्ग दरख़्तों की जड़ें समझती हैं
और बस उखड़ना नहीं चाहती
हरा किसी नवजात के शरीर पर उपटा हुआ
जैसे उसके माथे पर

उसकी नन्ही पीठ पर, तलुओं पर, हरी महीन डोरियाँ
जैसे कोख की दूब
क्या किसी जंगल से निकल कर आया है ये
इसकी स्निग्ध देह से वनस्पतियों की बू आती है
क्या हरा जन्मदायी है
क्या यह रंग नही समय है
मुझे भी कुछ दिनों से आईना देखने पर
अपनी उम्र नहीं
आईने पर उगी घास नज़र आती है!

लॉकडाउन में प्यार

जाग रहे हो अब तक...हाँ, नींद नहीं आ रही थी...नींद नहीं आएगी तो क्या फ़ेसबुक पे बैठे रहोगे, कल मिलो सुप्रीम एन्कलेव वाले पार्क में, पेड़ और भी हरे हो गए हैं, समूचे लॉन पर पत्ते बिछे हुए हैं, मैं कविताओं की नोटबुक लेकर आऊँगा, तुम अपना माउथॉर्गन लिए आना...नहीं, नहीं, सुना है पार्क के बाहर पुलिसवाले बैठे रहते हैं...तो चलो रात में, मन्दिर के सामने वाली गुमटी खुली रहती है...पॉकेट 5 वाली सड़क पर टहलते हुए सिगरेट पिएँगे, पूरी सड़क पर रातरानी महकती है, सिगरेट और रातरानी, रातरानी और सिगरेट...यार, वो सड़क तो दिन में भी डरावनी लगती है, रात में वहाँ कौन जाए...अच्छा छोड़ो, अब जग ही रहे हो तो कुछ और जागो, नोएडा वाले फ्लाईओवर पे चलेंगे, फेज़ वन से सटे हुए खेतों पर धीमे-धीमे सुबह का उतरना बहुत सुन्दर लगता है...नहीं, तब तक जाग गया तो पूरा दिन अलसाते बीतेगा, आओ ना वीडियो चैट करते हैं अभी, सब सोये हुए हैं...भक्क! कैसा बाबू मोशाय वाला बंगाली प्यार है यार तुम्हारा...इस लॉकडाउन ने तुम्हें पूरा 377 बना दिया है....ऐ! देखो गाली मत दो! दस मिनट में तुम्हारी बाल्कनी के नीचे रहूँगा, तुम अभी मिलो, बताता हूँ!...अभी??... हाँ, बिल्कुल अभी! ब्लडी क्लॉसेट हेटरोनार्मल!...देखो अब तुम गाली दे रहे हो! पहुँचो ज़रा, तुम्हें क्वॉरंटाइन ना किया तो मेरा भी नाम नहीं!!!

अबके जो फ़सल होगी

[किसान आन्दोलन की नज़्र]

अबके जो फ़सल होगी
वो सबमें उगेगी
अपने ख़ून से सींचा है इसे
अपनी भूख से पाला है इसे
अपने ख़्वाबों से इसकी
हिफ़ाज़त की है
जज़्बा-ए-इंसाफ़ से
सँभाला है इसे
ये उट्ठेगी, ये झूमेगी,
अर्श-ए-बरीं चूमेगी
अबके जो फ़सल होगी
वो सबमें उगेगी
हथेलियों पे बोया है इसे
सीनों में छुपाया है इसे
बनाके देह को सिपर
खाक़-ए-सर्द से बचाया है इसे
बनके शोला-ए-उम्मीद
ज़ेहन में दहकेगी
अबके जो फ़सल होगी
वो सबमें उगेगी
भूख मिटाएगी नहीं
जगाएगी ये
जो बुझ रहे हैं अलाव
उन्हें फिर से जलाएगी ये
अनाज के दानों से

फूटेंगे समाज के बाने
'हाँ ये मुमकिन है'
यही चाप सुनाएगी ये
ज़ुल्म-ओ-ज़ोर के
सेहरा पे लहलहाएगी
ज़ब्र के वीरान को ढँक लेगी
अबके जो फ़सल होगी
वो सबमें उगेगी
नस्लें आएंगी जब
इरादों के बादबान लिए
राह ढूँढेंगी अँधेरों में
नई कमान लिए
नब्ज़ टूटेगी अगर
साँस उखड़ेगी कभी
सुनहरी बालियों से
सबा-ए-यकीं आएगी
ख़ुश्बू तन्नूर की
हर इक दिल से उठेगी
अबके जो फ़सल होगी
वो सबमें उगेगी
यूँ तो शहर खेत नहीं
प खेतों पे बसा है
रूहों का पसीना
ज़र्रे-ज़र्रे में बसा है
आराम की ये बस्तियाँ
ख़ूब हैं मगर
आराम की बुनियाद को
मेहनत ने कसा है
खेतों की ज़मीं
खेतों की तरफ लौट पड़ेगी
सड़कों की ज़बीं
मेड़ों की तरफ लौट पड़ेगी
अबके जो फ़सल होगी
वो सबमें उगेगी

था इसी राह में नानक मिला
नानकी मिली
थी इसी गर्द में लिथड़ी जनक को
जानकी मिली
इसी धूल में मिलना है
मिलने हैं सब क़ानून
इसी धूल पे हवा हमारे नाम लिखेगी
इसी धूल में पिन्हाँ हमारी याद रहेगी
अबके जो फ़सल होगी
वो सबमें उगेगी
अबके जो फ़सल होगी
वो सबमें उगेगी।

प्रेत

मामूली से मामूली लोग
मर कर बन जाते हैं प्रेत
पर मरें कितनी बार भी चाहे मरें
नहीं नसीब होती मामूली सी प्रेतीयता भी
ऐतिहासिक चरित्रों को!!
ज़िन्दगी के जंगल
अनजाने-अपरिचित लोक
वे अरण्य, वे प्रांतर जहाँ दूसरों के लिए ही नहीं
ख़ुद के लिए भी अजनबी होते हैं हम
वही, वही तो बनते हैं प्रेत
छोटे बच्चों के भीतर छुपी जिज्ञासाएँ
औरतों में बोलती चुप्पियाँ
बूढ़ों में लगातार होती बारिश
और बढ़ती हुई नदी
यही, यही तो वो जंगली उमस है
वो दीवाल पर बनता हुआ चेहरा
जिसे देख हैमलेट पूछ पड़ता है
तुम कहाँ लिए जा रहे हो मुझे
बोलो मैं और आगे ना आऊँगा!
क्या इसीलिए फ़िल्में बनाते हुए
वे चुनते हैं औरतों और बच्चों के भूत?
कोई बेहद आम और मामूली शख़्सियत
जिसके भीतर का सारा जंगल एक नुक़्ते में सिमटकर
उसके साये को एक डरावनी ज़ुम्बिश दे जाता है!
वहीं ऐतिहासिक चरित्र
उन पर तो इतनी बार खेती हो चुकी है

की रहस्यों के खर पतवार भी नहीं निकलते
वे डराते नहीं, सताते नहीं,
साथ जीते, साथ मरते नहीं
बहुत हुआ तो पुनर्जन्म लेते हैं
और कैरीकेचर बन जाते हैं!
पर नूरलैन हर शाम आते हैं भैया जी के पास
और एक छोटा सा बच्चा
ना दिखाई देने वाले नूरलैन के लिये हुक्का भरता है
एक क़स्बाती बाज़ार में भरी दोपहर
टहला करती है एक सरकटी लाश
हर सुबह रेल की पटरियों पर लगा मिलता है
गुलगुलिया का ख़ून
और आधी रात में दरवाज़ा खटखटा कर
पानी माँगा करती है एक औरत!
सामान्यता के संकीर्तन में
यूँ ही रचे बसे होते हैं प्रेत
वहीं एक सफ़ेद उजाले में
ला खड़ा करता है इतिहास हमें
और कहता है
चौराहे पर बिना बाहों वाला जो बुत खड़ा है
उसके पायदान पर खड़े होकर
एक सिक्का डाल देना
वह तुम्हें तुम्हारा वज़न बता देगा।

पहाड़गंज

तुम बड़े-बड़े बाज़ारों में
बेचते रहो विज्ञान
दिखाते रहो पूँजी के पैंतरे
सम्मोहित करते रहो
मुद्रा की मेमारी से

हम तुम्हें पहाड़गंज
जैसी गलियों में
चटपटे आध्यात्मिक अनुभव
बेच कर ही खुश हो लेंगे!
सब
मिलेगा यहाँ!
परमहँस से लेकर
सूफ़ियाना फ़्लेवर तक
और हाँ 'इंडिया' की पूरी 'फ़ील' भी

तो रूसियो!,
यहूदियो!
अमरीकियो!
आते रहो यहाँ पर
तुम्हारी आँखों से देखने पर ही
भारत नाम की कोई शै नज़र आती है
वरना हम तो लाख ढूँढते रहते हैं
कहीं मंज़र ही नहीं होती!!

सड़क

सड़क
भवितव्यता की जीभ सी
निकली हुई!

काली, चमकदार, लम्बी
बाँधती दृष्टि को सीधाई में
दृश्य को
अपने गिर्द ही विन्यस्त करती

इसकी खुरदरी तहज़ीब पर
धरे के धरे रह जाते
मुलायमियत के
सारे इम्कान
फिर धूप हो
हवा या पानी
नहीं यह किसी का पर्यावास
सिवाय परछाइयों का!

किनारों के पेड़,
बिजली के खम्भे, तार,
संक्षिप्त, शिथिल उड़ानों वाले पक्षी
दौड़ते-भागते वाहन,
आते-जाते लोग,
सब के प्रतिरूपों की स्लेट यह
इस पर सूरज की निगाह
हरदम टेढ़ी है!

चोटिल घुटनों, छिली कुहनियों
के अलावा भी
कई मायनों में सड़क
हमारी तमीज़ का हिस्सा है
हमारे तजुर्बे का तकाज़ा है ये

कि रीढ़ में कितनी गिट्टियाँ पड़ी हैं
आत्मा ने कितना
डामर पिया है।

राजनैतिक ज़िम्मेदारी

इराक़, राजनैतिक ज़िम्मेदारी
अफ़ग़ानिस्तान, राजनैतिक ज़िम्मेदारी
अफ़्रीका, राजनैतिक ज़िम्मेदारी
कश्मीर, राजनैतिक ज़िम्मेदारी
औरतें, राजनैतिक ज़िम्मेदारी
बच्चे, राजनैतिक ज़िम्मेदारी
चाँद, राजनैतिक ज़िम्मेदारी
मंगल, राजनैतिक ज़िम्मेदारी
हत्यारे की विवशता, राजनैतिक ज़िम्मेदारी
साम्राज्य का दूसरा नाम राजनैतिक ज़िम्मेदारी!!

सपनीली नींद के शैदाई

समुद्र की
उत्ताल तरंगों पर
नौकाओं के इकहरे बदन
सँभालते मछुआरे
दूर तक चले आए हैं
मेरे सपनों में अपने जाल लेकर

मेरी नींद का अब टूट जाना
इन्हें सदा के लिए
एक नीली डूब में
छोड़ जाएगा
और मेरा ना जागना
इन्हें खींचता जाएगा
अन्तहीन समुद्र में भीतर और भीतर...

नींद और जागृति के बीच
कोई बिन्दु हो तो
मैं ज़रा रोककर पूछूँ उन्हें
तुम्हारा सनम कौन हे रे मछुआरों!
और उसका मेरी नींद से
क्या लेना देना है?

कोई छुपा हुआ
मत्स्य लोक है क्या मेरे ख़्वाबों में!
या कोई जल-प्लावित जंगल!

तुम खींच तो नहीं लिए जाना चाहते मुझे
गर्भ के पानी की तरफ़?

पर अधपकी नींद के कच्चे ख़्वाबों में
कैसे आऊँ मैं तुम्हारे पीछे
मुझे ये हौसला तो दो

कि मैं इस नींद में अकेला नहीं
कि तुम्हारा यूँ आना कोई दुःस्वप्न नहीं
कि मेरी पलकों के तट पर की गई तुम्हारी प्रार्थनाएँ निरर्थक नहीं।

युक्ति

जब बहुत उदास
या हारा सा होता हूँ
तो देखने की कोशिश करता हूँ ख़ुद को
किसी उपन्यास के पात्र की तरह
ऐसा करते ही मन में
एक अचरज मिली ख़ुशी
जाग उठती है,

ऐसा अद्‌भुत और जटिल पात्र रचने में
लेखक को कैसी अनहारी मेहनत
करनी पड़ी रही होगी!

मेरा समाज, रिश्ते, घर और यह दौर
जिसमें मैं जी रहा हूँ,
किसी प्लॉट के हिस्से जान पड़ने लगते हैं
मंरी थोथी उदासियाँ,
व्यक्तिवादी आग्रह, कुंठाएँ और नैतिकताएँ
एक पात्र की बुनावट,
जिसे कथानक में कहीं रखा गया है
गहरी पीड़ा के साथ रचा गया है

जब देखता हूँ ख़ुद को मैं
किसी उपन्यास के पात्र की तरह
मुझमें झिलमिलाने लगता है मेरा समय
मेरी टुच्ची निजताओं को
मिलती है एक उदात्त संकुलता

ये दुख, अकेलापन, अवसाद
कहीं देशकाल से जुड़े हो सकते हैं
कि मुझे देखा जा सकता है
परस्पर अन्तर्गुम्फित सन्दर्भों
आख्यानों के बरअक़्स

कुछ ढीली पड़ती है ओढ़ी हुई असंगता
कुछ खुलता है सहते जाने का
सिंथेटिक आध्यात्मिक भाव

पर ये भी नहीं की ऐसा होने पर
बह जाता है दुख मेरा

बल्कि नीली उदासियों को
एक नीला फ़लक मिलता है,

एक गरिमा, एक नियति, एक निष्कर्ष
मैं तो कम से कम नहीं रच सकता था
ऐसा कोई पात्र

अपने बचपन में डूब-उतरा रहे श्रीधर बाबू
मृत्युदंड पर बेधड़क बोल रहा प्रिन्स मिश्किन
या अकादमिक ज्ञान की निरर्थकता पर ख़ुद से जिरह करता मैं
या यूँ ही बस चुपचाप बैठा हुआ

एक अवस्था, एक स्थिति दो-चार पेज
असम्बोधित नहीं रहता मेरा दुख
सिर्फ़ मेरी ही नहीं रह जाती ग्लानियाँ मेरी
मेरा ही नहीं बचता मेरा दामन

ऐसा नहीं कि ऐसा करने पर घुल जाता हूँ मैं कथा के बहाव में
किन्हीं ना पकड़ में आने वाली वजहों से प्रासंगिक हो जाता हूँ

एक अभिप्राय
एक अर्थ
मेरे दुख का स्वीकार
उसकी परवाह
कहाँ मेरे विचलनों में जीवन झलक रहा है
दिख रहा है कहाँ मनुष्य मात्र का चेहरा

कभी-कभी चाहिए होता है वह शरणार्थी भाव[1]
जो पात्रों का उपन्यासों के भीतर होता है

तमाम निश्चय-अनिश्चय, उजाले-धुँधलके
बिम्ब-प्रतिबिम्ब, शोर-सन्नाटे समेटे

कई धुरियों पर घूमता जीवन
कई मोर्चों पर व्यतीत होता हुआ

मेरा ही तो है!
ये मैं ही तो हूँ!

जब बहुत उदास
या हारा सा होता हूँ
तो देखने की कोशिश करता हूँ ख़ुद को
किसी उपन्यास के पात्र की तरह

अपनी छोटी-बड़ी मौतों से लड़ता हुआ ऐसे में
कुछ क्षणों के लिए अमर हो जाता हूँ मैं।

---

1. ये बात निर्मल वर्मा के हवाले से।

दिन की माला गूँथी

[चिया के लिए]

[1]

इक निंदिया है सच्ची वाली
इक निंदिया है झूठी
झूठी निंदिया आकर बैठी
सच्ची निंदिया रूठी

कब से उसने डोरे डाले
कैसे खेल रचाए
अपने झूठे अंधियारे से
अँखियों को भरमाए
कैसी पाजी, तुनकमिज़ाजी
अंगड़ाई में पैठी

सच्ची निंदिया जब-जब आती
संग अपने ले जाती
सोना क्या जगने से कम है
चिड़िया को समझाती

सोना-जगना, जगना-सोना
दिन की माला गूँथी।

[2]

आज शेर ज़रा देर से जागा

सभी जानवर उठे सकारे
चिड़ियों ने भी पंख पसारे
खुल गया सूरज धागा-धागा

झील हुई अम्बर का चेहरा
रंग उड़ा हर ओर सुनहरा
सूँड उठा कर हाथी ने फिर
सतरंगी फ़व्वारा दागा

आज ना कोई काम करेगा
ऊँघेगा-सुस्ताएगा
मकड़ी की मेहनत देखेगा
मक्खी से बतियाएगा
अभी-अभी उसने समझा है
जो कम सोया वही अभागा

आज शेर ज़रा देर से जागा।

तिरंगायन!

तिरंगे में
जितना देश उतना प्लास्टिक

लिसलिसा, चिकना, चमकदार
धोने, तहने, इस्तरी की नहीं ज़रूरत
और हवा पर भी आसान
के फूँक मारे तो उड़ जाए,
माने फहर जाए...

अंटी में खोंस लो
चाहे गाड़ी के शीशे के दोनों कोनों पर
वैसे भारी हैं मुट्ठी भर फूल भी इसपे
पर ख़ुद पुष्प-पलक-स्निग्ध-आभासी है

जन-सुलभ ही नहीं बाल-सुलभ भी
भीख माँगते बचपन की उँगलियाँ
रोटियाँ नहीं पर ध्वजा-धीन हैं!

इसे लगाओ अगरबत्ती की तरह
टोने सा टटको
सर्च-लाइट की तरह मारो
सरकंडे सा सटको

पहन लो सीने पर
किसी मेडल के एवज़ में
कम-से-कम एक सवेरे की फ़तह हो!

ये पहिचान-पत्र-आधार-कार्ड
दूकानों पे लगाओ धंधे का बिगुल बजे
और बदले में दिल-आवेज़ देशभक्ति की गारंटी
वो भी फ़ैशन के दौर में!

ये अमरस्थ है, मवेशियों ने उदरस्थ किया तो भी
अगली सुबह बना लेगा जगह
शहर के निकासी तंत्र में सदा के लिए

छोड़ो असली-नक़ली का चक्कर
तव-जय-गाथा-गाता
पूरी नवलता के साथ नक़ली है!

उतना ही नक़ली, जितना असली था
नेहरू जी की अचकन का गुलाब
चरर-मरर चरखे की औ खद्दर का ख़्वाब

मुल्क़ अब कपड़े नहीं...
पन्नियों के पंख पहनता है!

भूसे भीतर एक सुई है

[क़ैद में फँसे हमवतनों को समर्पित]

भूसे भीतर एक सुई है
सज़ा नहीं पर जेल हुई है
उस सुइया को ढूँढ़ रहे हैं
अफ़सर और महकमे सारे
पुलिस-प्रशासन के हरकारे
दिल में लेकिन एक दुई है
सज़ा नहीं पर...
फिर आरोप निहत्थे पर है
पान का फंदा कत्थे पर है
पकड़नवीसी न्याय की देखो
सेंगोल के हत्थे पर है
लोकतंत्र की धुनी रज़ाई
भरे शीत में रुई-रुई है
सज़ा नहीं पर...
नहीं है चश्मा नहीं सिपर है
बन्दीगृह में सिर्फ़ सिफ़र है
मूलभूत-बुनियादी माँगें
सन्नाटे का बजा गजर है
कार्यवाई का डमरू डम-डम
आखेटक की लार चुई है
सज़ा नहीं पर...
है मिज़राब एजेंसी वाली
सत्ता की धुन बजे निराली
सांस्कृतिक-उन्मेष के युग में
प्रश्न-प्रश्न लगता है गाली

नहीं चाहिए उन्हें उठे सर
हो याचक या बनो सवाली
सीना है हाकिम का चौड़ा
पर ईगो तो छुई-मुई है
सज़ा नहीं पर...
चमके सत्हे-अक़्स निराला
मृगतृष्णा का घना उजाला
अंधियारी कोठरियों घुटता
जो जज़्बा इंसाफ़ का पाला
दिन-दिन भर अंगुश्ते-रिहाई
जिंदाँ की दीवार छुई है
सज़ा नहीं पर...
दिन-दिन कटें साल कटते हैं
नित-नूतन वबाल कटते हैं
बेनक़ाब होते मंसूबे
चल कर नई चाल कटते हैं
हैं जितने उरुज़ के वादे
सब हाले-ज़वाल कटते हैं
थमे हुए जीवन को फिर भी
मिलती बस तारीख़ नई है
सज़ा नहीं पर...
कोर्ट-कचहरी या ऐयारी
शासन की मक्तूब-निगारी
इसको सम्मन उसे बुलावा
जिसने भी आवाज़ निकारी
मन-नगरी के जादूघर में
ज्योतिष है या फेंगशुई है
सज़ा नहीं पर...

पटरियों पर शिउली के फूल

[बालासोर रेल दुर्घटना के बाद पटरियों पर मिली प्रेम-कविताओं को समर्पित]

[1]

जैसे सड़क किनारे बिखरे शिउली के फूल
वैसे ही रेल की पटरियों पर उड़ रहे प्रेमपत्र
द्युतिमय-आरक्त-असंप्रेषित
बांग्ला-अक्षरों में सिमटे हुए आकाश-बारिश की बूँदें-मेघमालाएँ
एक भीषण गड़गड़ाहट समोए अपने भीतर
मूक-साक्षी नेह की ललक के
एक विस्फोटक वेदना के गवाह
अनुत्तरित-अतर्क्य
असंख्य यातनमय पुकारों के बीच
विछिन्न मात्राओं के भीषण ध्वंस में भी
किसी को सम्बोधित
स्वतंत्र।

[2]

सरल-सुबोध कविताएँ
उल्टे-पलटे डिब्बों के जंगल में
वाक्यों पर चढ़े वाक्य
अर्थों को काट रहे अर्थ
मुहावरों का शोर-रूपकों की गिचपिच
एक ओर गतियों का आत्मघात
दूसरी तरफ़ प्रेमाकुल मन की तरल ठहरोक्तियां।

[3]

कर्कश नफ़रत
कर्कश दुर्घटना-प्रबंधन
कर्कश आत्मविज्ञापन
कर्णभेदी शौर्यकथाएँ
कर्ण-कुटिल कपट रचनाएँ
वहीं हरख-निरख-श्रुतिसरस
एक औघड़ प्रेम का परस!
एक संगीत
रेल-लय की सहज अन्तरालिकता सा प्यारा!

[4]

कौन थे तुम
कौन थे तुम
क्या शिनाख़्त क्या प्राप्ति
क्या पता-पहचान
कौन थे तुम
सृष्टिकर्ता
क्या तुम्हारा नाम?
देखो तुम्हारी रची सृष्टि सुरक्षित है तब भी
जब ढह चुकी हैं, ढह रही हैं
रफ़्तार की पाली हुई आकांक्षाएँ!

[5]

क्या ईश्वर ने पढ़ीं ये प्रेम कविताएँ
या उसके देवों ने
स्वर्गोपासक नगरजनों ने
भू-स्वामी भू-स्वामिनियों ने
पढ़ा, तो क्या कहा?
हर अभागे के नसीब में बदी होती है कम-से-कम एक कविता
ना सही कविता, तो इस्तीफ़ा ही लिख दें

ईश्वर को मोक्ष मिले
धूर्त राजन को प्रातिमोक्ष
अंधभक्त दरसें प्रेम की क्षमाशीलता
जिसे भी हो सके मिले, कविता मिले!

[6]

द्रुत-वेगमयी-अविकल-विषबुझी
वह मिली ख़बर अग्नि-आवेष्टित
धू-धू कर जल उठा सपनों का
महल झंझरी-महल
इन्तज़ार हो झपक-पलक हो गईं
आँखें झरोखों की
यात्री तुम किस ओर गए
अब क्या हो
जो कविताएँ हों अधियाचित?
मैं लेने आऊँ उन्हें जो अधूरी छूटी यात्रा के असबाब हैं?
अब प्रतीक्षा ही मेरी है
कविताएँ अब जगत को समर्पित
खुली हुई नोटबुक में आमंत्रण है भविष्य को
और तुम मेरे अतीत हो
एक कभी ना बीतने वाला वर्तमान...

[7]

मैं बीत चुका था कविता से
कविता रीत चुकी थी जीवन से
वह भीत ढही-लौटी कविता
मृत्यु के उत्खनित लैंडस्केप में
गर्जन-तर्जन के बीच
उगा-बचा-मिला इक फूल
जागी सांध्य-भाषा चर्यापदी
वे सहजिया गीत अति मीठे
बाउल के बोल मनमीते

अब नहीं रहना उस भाषा के बारे
जिसमें प्रेम ना सम्भव हो
उन इरादों से तौबा-तौबा
जो जीवन से बढ़कर
कुछ और बचाना चाहते हों!

एक मनचले पुतले का प्ले-स्टेशन

उफ़!
यह गौरवशाली अतीत का अविष्कार
ले जाएगा भविष्यत के पार
एक नया प्रस्थान बिन्दु
ऐतिहासिक भूलों को सुधार
तय करेगा सूत्रधार
एक इतिहास मुक्त शून्य
अतिरेकी-असूझ इमारतों के द्वार
लगेगी बारात
राष्ट्रव्रती की बारात में
नाचेगा सारा देश
द्वार लगी पगुराएगी
सत्ता की घोड़ी
अद्भुत! कि एक व्यक्ति का जीवनकाल
समूची सभ्यता का कालमान तय करे
क्या नसीब! कि इच्छाएं कोई एक पूरी करे
पेट भरे सबका
वह तय करे परम्पराएँ
नीति और बलिदान के मापदंड
उसका सौन्दर्यबोध कला
उसकी पर्यटनवृत्ति विदेश नीति
उसका मुखौटा चेहरा तुम्हारा
फोटोऑप्स की चमकती फ़्लैशलाइटों में
शेष होता इतिहास
बुझती आँखों से देखेगा
एक अभिशप्त अमरता को प्राप्त

वर्तमान का आविर्भाव
अपनी ज़िन्दगी पर अपना दावा खो रहे तुम
आख़िर कितना कुछ झुठलाओगे भूल सुधार के नाम पे
जब तक बन ना जाओ क्लोन
एक-दूसरे के-उसके
हरदम एक नई सनसनी के हवाले कर ख़ुद को
तुम साँस लेते ऑटोमेटन!
तुम्हें क्या निजता का ख़्याल
कुछ भी तो नहीं बचा अपना तुममें
वो जी रहा तुम्हारी ज़िन्दगी
उसके अट्टहास तुम्हारे
उसका धर्म तुम्हारा
यहाँ तक कि उसके गार्हस्थ्य मूल्य भी तुम्हारे
और तुम्हारा देश उसकी लीला भूमि
तुम्हारे संस्थान उसके खिलौने
तुम्हारे नायक-प्रतिनायक उसकी बिसात के मोहरे
उसकी अपनी हार-जीत-लाभ-हानि
तुम्हारा भूत
तुम्हारा भाग्य
उफ़!
यह गौरवशाली अतीत का अविष्कार
एक मनचले पुतले का प्ले-स्टेशन
गेम, रीसेट, स्टार्ट,
प्ले-अगेन!

भले अंकल जी

नुक्कड़ पर बैठने वाले अंकल जी बहुत भले थे
भली थी उनकी आँखें, भले थे उनके हाव-भाव
भला था उनका क़द, भली थी उनकी निकली हुई तोंद
भली थी उनकी टोपी, भली थी उनकी कुर्सी और भले थे उनके जूते
सर से पाँव तक भले अंकल जी को फिर एक दिन
भली लगी घर पर ट्यूशन पढ़ने आने वाली लड़की
भली लगी उसकी चोटी, भले लगे उसके हाथ, भली लगी उसकी फ्रॉक
भली लगी उसकी जूतियाँ, भला लगा उसका रिबन और भले लगे उसके बटन
फिर पुलिस पकड़ के ले गई बेहद भले अंकल जी को
कॉलोनी के लोग अब ताज्जुब कर रहे हैं कि क्या हुआ भले अंकल जी को
जो ऐसा कर बैठे
ताज्जुब इसलिए क्यूँकि अंकल जी की भलाई तो सबको पता थी,
लोग ताज्जुब कर रहे थे क्यूँकि अँकल जी की भलाई पहले थी, अंकल जी
बाद में
यदि लोग भले अंकल जी की भलाई से मुक्त होते तो?
शायद ताज्जुब ना करते, कुछ और सोचते, पर क्या?
शायद उस लड़की के बारे में, जो भली थी या नहीं पर छोटी थी
और अब फ़क़त भले अंकल जी की शराफ़त का लुक़मा है
जब लौटेंगे अंकल जी अपनी भली सी मुस्कान वापस पहन लेंगे जिसे वे
नुक्कड़ पर छोड़ गए हैं
फिर सब भला-भला होगा किसी और ताज्जुब से पहले
ताज्जुब भी क्यूँ, शायद अब से सब भला-भला ही रहा आए, दुआ कीजिए
कि जिसने भलाई दी है और बुराइयों से बचाया है
वह भगवान अब अंकल जी को, इतना और करे
कि छोटी लड़कियों से भी बचाए!

इन कुछ गुज़रते हुए मिनटों में

बस यही एक वक़्त है
यही कुछ क्षण जब लग रहा है मुझे
मैं ज़िन्दगी को बजाई हुई वीणा की तरह रख सकता हूँ

एक लम्बी दूरी तक पैदल चलने के बाद
संगमील पर बैठ कर भूरे पहाड़ पर
बिखरी हुई धवल बकरियाँ देख सकता हूँ

बे-सबील रास्तों पर भटकते हुए
सुन सकता हूँ क़ुदरत की तमाम सुबुक आहटें

इस लम्हे में तो घर में टहल रहा एक
अजनबी कीड़ा भी मेरा मेहमान है

एकाएक हर चीज़ नज़र आ रही है साफ़
अपने विधान में सटीक

एक जीव विज्ञानी की तरह
सूक्ष्म-से-सूक्ष्म अन्तर भी मेरे लिए
अभी एक अलग जीवन है

और तो और
मैं आसमान और आसमान में फ़र्क़ कर सकता हूँ इस समय
धरती और धरती की तो ख़ैर बात ही छोड़िए

इन कुछ गुज़रते हुए मिनटों में
आप मिलिए मुझसे
मुझे इस वक़्त भलमनसाहत, दोस्ती
उदारता और मनुष्यता में पूरा यक़ीन है

मैं जिस घेरे में हूँ
उसकी परिधि में आ सकता है सारा संसार
और मैं ख़ुद उस परिधि से बाहर जा सकता हूँ

मैं डूब रहा सूरज हूँ इस वक़्त
सारी कायनात जैसे मुझी पर ठिठकी है

आइए पकड़ लीजिये मुझे मेरे सूर्यास्त में

मैं बस समुद्र से लब-बस्ता ये हुआ
के वो हुआ।

फ़लस्तीन के बच्चे

[इज़रायली हमले में 5000 से ऊपर बच्चों के मारे जाने की पुष्टि : 21 नवम्बर 2023 की ख़बर]

फ़लस्तीन तुम्हारे बच्चे
आसमान में उड़ रहे हैं साये-साये बनकर
इस तनी हुई नीली चादर में
अंगुश्त भर भी जगह नहीं
जो उनकी सिहरन छुपा सके
उनकी डोलती आकृतियाँ
टर्टल बे, न्यूयॉर्क के ऊपर
बिना पंजों पर उदास भीमकाय डैनों वाले
परिंदों की तरह छा जाती हैं
कभी वे जिनेवा की साफ़ अन्त:करण वाली हवा में
किसी फ़रेब से घुल जाते हैं
दिखते हैं पेरिस की गलियों में एक-दूसरे के पीछे भागते
नई दिल्ली की धुंध भरी सड़कों पर
हाथ से छूटे गुब्बारों की मानिंद उड़ जाते हैं
वे बेरूत का मलबा हैं
बग़दाद की धूल हैं
काबुल की कूक वे, समरक़न्द की सदाएं हैं
वे टोरा के अक्षर हैं
हजरत मूसा की उचटी हुई नींद हैं
यहूदी प्रार्थनाघरों पर रोई हुई शबनम हैं वे
वे हिजरत की रेत, सलीब का सपना हैं
मस्जिदों की जालियाँ
मन्दिरों की जोत हैं
फ़लस्तीन तुम्हारे बच्चे,

काहिरा के बादल
कलकत्ते की उमस, टोक्यो के फूल
बीजिंग की रौशनियाँ
इस्तांबुल की कश्तियाँ
भूमध्यसागर का नमक हैं,
ग़ज़ा के खोखले मकान-बहिश्त तक खुली हुई छतें
बिना पल्लों की खिड़कियाँ-जले हुए पर्दे-कोरे दस्तरख़्वान
जैतून की डालियाँ-ख़ून में डूबी खुबानियाँ हैं
फ़लस्तीन तुम्हारे बच्चे,
उनके कस कर बाँधे हुए जिस्म-उनपर झुकी उनकी माँएँ
जिनके सामने पिएटा भी
मोम के ख़्वाब की तरह पिघल जाए
ठिठुर रहे हैं खुले हुए ताबूतों में
ये दुनिया बहुत बड़ी, मुलायम और सुखमय है फ़लस्तीन
और तुम्हारे बच्चे हैं कि उन्हें
कंटीली घास के बीच अपने खेलने की जगह की ख़ब्त है
उतनी जगह तो अब ख़ुदा के पास भी नहीं बची
फ़लस्तीन, ईश्वर भी कहीं तुम्हारा ही जना
कोई बच्चा तो नहीं?

नफ़रत!

धूप में उड़ गया इत्र
जंग खा गया बरसात में लोहा
गर्मी के प्रकोप से सड़ गया दूध
कड़क ठंड में जकड़ गई पानी की पाइपें
नमी से फूल गई लकड़ी
फफूँद लग गई रखे हुए मुरब्बे में
यूँ ही नालियों में पड़ी लाशों के पीछे भी
कोई कुदरती खेल होता तो क्या ख़ूब होता!
खेतों में अनाज की बालियों पर ख़ून की कतरनें
वैसी ही होतीं जैसे रात भर बरसी हुई ओस
तेज़ बारिश में छाता खोल लेने जैसा व्यवहारवादी आचरण लगता
एक ग़ैर-मज़हबी देह पर नाज़िल होता नौजवानों का जोश
बलात्कारों में वन्य-पशुओं के शिकार-उपक्रमों जैसा
सहज प्रजातीय-गुण होता
नफ़रत से यूँ तो तेज़ाब बन जाता है इत्र
त्रिशूल बन जाता है लोहा
और ईश्वर का स्मरण रक्त-पिपासु उद्घोष
पर ख़ुद नफ़रत अगर
साथ रहने पर होने वाली रासायनिक-अभिक्रिया जैसी होती
तो क्या बात होती
कितनी प्राकृतिक-नहीं ऑर्गैनिक होती नफ़रत तब
पर कहाँ ये उम्मीद और कहाँ तो
दबे पाँव कबूतर पर झपट्टा मारने को तैयार बिल्ली के पंजे के नाख़ूनों तक में
नफ़रत के 'न' की भी गुंजाइश नहीं मिलती
प्रकृति के क्रूर से क्रूर दृश्यों में भी
उस बदनीयती के दर्शन नहीं होते

जो धैर्य और शिष्टाचार जैसे कथित मानवीय गुणों में भी
झिलमिल हो उठती है
ऐसा होता तो मस्जिदें फूँकना भी शायद
दिसम्बर की सुबह फूलों को पाला मार जाने से ज़्यादा ना होता
व्हाट्सएप पर झूठ-पर-झूठ फेंटना
सुबो-शाम जैसा उसूली और मुवाफ़िक़
और हाकिम-ए-शहर की चुप्पी
अपना शिकार लकड़बग्घों के हवाले कर देने के बाद
शेर की तृप्त निष्क्रियता जैसी मानूस
पर ऐसा नहीं है
ये नफ़रत की बू गिद्ध की उल्टी नहीं
हमारे घरों का धुआँ है
ये राजा की ख़ामोशी
गहरे समन्दर में तैर रही शार्क की चुप्पा-घात से
कहीं अधिक मारक और भयावह
ये डर-ये संशय हमारा सरमाया है
छायादार वृक्ष को खा गई कोई जंगली बेल नहीं!

मणिपुर

मुझे मिला नोंगिन पक्षी का पड़ा हुआ पंख
उसे आँखों से लगा लिया
उसके पलकों से छूते ही
उजागर हो पड़ीं विकराल लपटें
बस्तियाँ जलाती हुई
लहराता हुआ विषप्राण धुआँ
और सूने-बियाबान गाँव
पंख से नहीं मिली
पक्षी की देह-गंध
सड़ती हुई लाशों की बास
समा गई नथुनों में
उस रंगीन-नशीले पंख से
रुख़्सत हो चुका था पक्षी
उपेक्षा के गुलेल से हत
क्या जाने कहाँ पड़ा हो मरणासन्न!
उसका पंख था
एक लुप्तप्राय पक्षी का स्पेसिमेन भर!
यूँ सामान्य ज्ञान के फर्रों में
वैकल्पिक-प्रश्नोत्तरी के किसी विकल्प पर
शायद मरा हुआ मिल जाए मिसेज़ हयूम्स फ़ेज़ेन्ट
वह लम्बी पूँछ वाला तीतर
या फिर एक महाअनारण्य की सालाना परेड में
फूस से भरकर झाँकी में उतारा जाए
पर मैं विपात्र क्या करूँ इस स्पेसिमेन का?
इसके डंठल पर बँधा है चाँदी का क्रॉस
रोओं पर सूखा है ख़ून

पनपाई हुई रंजिश की जलन से
जले-जले हैं इसके रंग
हवा में लहराने से आती है
मर्मांतक चीख़ों की आवाज़
चिपकी हैं छीने हुए लिबास की चिन्दियाँ
विश्वासघात की धूल से गंदला है
पर आने वाली बारिश के मेघ घुमड़-घुमड़ उठते हैं...
गवाह बनने पर आमादा
पंख कहता है मैं याद हूँ-मंज़र हूँ देखो मुझे
रख दूँ क्या इसे देश की किताब में
उसके भी अक्षर हों गीले-बह निकलें सड़कों पर
उत्तर-पूर्वा हों सब नदियाँ
वर्ना क्या
ऐसे नुचे हुए पंखों के स्पेसिमेन
राष्ट्र की कलगी में लगते रहें
बहु-सांस्कृतिक बना रहे उसका मुकुट
और संघीय उसका जामा
अवशेष बनता रहे जीवन
सामान्य ज्ञान की किताबों
और आदिवासी संग्रहालयों में!

नमस्कार, मैं...

[*व्हाइल वी वाच्ड* देखने के बाद]

यह अब सिर्फ़ विचारधारा की लड़ाई नहीं

नींद की दुःस्वप्न से लड़ाई
नींद में ही लड़ी जाती है
जागृति में नहीं

जहाँ साहस की दरकार हो
वहाँ नहीं चलता किसी सिद्धान्त का डिफ़ेन्स

जब टुच्चई से सामना हो
इन्तकामियात बैठी हो घात लगाए
तब बैंक में पड़ा हौसला नहीं
जेब में पड़ी हिम्मत चाहिए

जब हमलावर लोड कर रहा हो पिस्टल
ट्रिगर का लॉक खोल रहा हो
बेकार है सीने को किताबों से छुपाना

पास-पड़ोस में जब खदबदा रहा हो ज़हर
तो भी पूरे भरोसे के साथ घर बन्द कर
एक शालीन और मिलनसार मुस्कान पहनकर
बाहर निकलने की लड़ाई
किसी एक गुट के हक़ का नहीं
सबकी इमदाद का संघर्ष है

बच्चों को लिये सैर पर निकलना
जीवनसाथी के संग हँसना-रोना
जो यूँ सहल जान पड़ता है
किसी नैतिकता का अभ्यास नहीं
इंसानियत की रोज़ाना मश्क़ है

भला एक अनिर्णीत छूट गए टेस्ट में
मैच बचाने के लिये खेली गई पारी
आँकी जा सकती है ऐतिहासिक प्रारब्ध की कसौटी पर

क्या ट्रोल्स के फ़ोन काल्स पर फ़ोन काल्स झेलते जाने में
बस एक उदारवादी सहिष्णुता भर है

ज़ाहिर है ये इस्पात कहीं और से आता है

जब सहमतियों की साष्टांग मुद्राओं से
पटी पड़ी हो धरती
असहमति के कुछ चाँद ही काफ़ी हैं
जो फिर भी इस धरती पर माएल हों

और मुख़ातिब होने पर
कुछ नहीं तो इतना ही कह पड़ें तो बहुत है
नमस्कार, मैं रवीश कुमार...

यमन

बस अड्डे पर उतर कर
उसने कॉफ़ी ख़रीदी
स्टायरोफ़ोम के कप में
उस द्रव्य का
एक सिप लेते ही उकताहट से भर गया
दूधिया कॉफ़ी पर छींटा हुआ पाउडर
उसके उनींदे होठों पर
अधजली झपकी की
राख़ सा चिपक गया था

इतना काफ़ी था
सिगरेट से तौबा का
संकल्प डिगाने के लिए
ज़मीन में धँसी
पान की गुमटी से उसने
एक छोटी गोल्ड फ़्लेक ली
उसे उसी तन्मयता के साथ फूंकने लगा
जैसे बच्चे दूसरों की चाय में
रस्क डुबो कर जीमते हैं

पता नहीं कहाँ से पानी की
वो बूँद आई
सिगरेट को बीच से गला गई
आत्मसजग होने के लिए
यह क्षण बहुत था

ग्लानि का एक उड़ता-उड़ता
पर गहरा एहसास

वह बाज़ार की ओर चला
जाने क्यूँ उस लड़की को लगा कि
वो उसके पीछे लगा है
उसने तुरन्त रास्ता बदला

एक संकरी लम्बी चढ़ाई के बाद
दुकानों के उस सिलसिले तक पहुँचा
जहाँ पहले नहीं आया था कभी

नामधारी सिक्खों के छोटे-छोटे संगीतालय
नन्हें कोटरों में सजे-धजे रखे
हार्मोनियम, तबले, सितार, बाँसुरियाँ

जाने क्या धुन सवार हुई उसपे कि
एक पीली-मिट्टी के रंग का हार्मोनियम
कुछ मोल-मोला कर
परखवा कर सुरों को
एक संगीत विद्यालय की मास्टरनी से
जो इत्तफ़ाक़न उस दर पर पहले से थी
ख़रीद लिया

फिर शमा ऑप्टिकल्स पर
चश्मे की कमानी ठीक करवाई
जो चाहिए था वो बारीक नट नहीं था
सो एक थोड़ी बड़ी कील से जैसे-तैसे
अटकवा दी

यही काम करवाने तो क़स्बे तक आया था
इस जानलेवा ठंडे में

वापस लौटने को
रोडवेज़ की हदे-समा'ई
भरी बस में
किसी सूरत बैठ गया
गोद में अपना बाजा रखे हुए

कुछ देर में बस
क़स्बाती धुन्ध से ऊपर थी
घुमावों पर घुमाव लेती हुई

धौलाधार की सफ़ेद तन्हाइयों पर
बढ़त ले रही थीं डूबते सूरज की किरणें

गम्भीर घाटियों से उठकर
बस के पहियों से लिपट रहा था गांधार
चीड़ों की कतारों से
आ-जा रहा था निषाद
और
स्टेयरिंग के तनाव में था
तीव्र मध्यम

धीमे-धीमे माशी हो रहा अँधेरा
दिल में मल रहा था काजल

उसे याद आ रही थी
गुरुजी की टोकाटाकी
जहाँ तीव्र 'म' की दरकार है
वहाँ नहीं चलेगा शुद्ध 'म'

जाने क्यूँ
पर अब उसे यक़ीन हो चला था
कि उसने पूरे दिन को
ग़लत सुर में गाया है

एक पुरानी तसल्ली
अनायास याद हो आई थी उसे

कि शाम फिर आई है एक बार
सही सुरों का वायदा लिए।

बीजना

मकई बीजना हो दलहन बीजना
गंदुम या नफ़रत, ज़रुरी है के ज़मीन क़ाबिले-क़ाश्त हो
धूप-हवा-पानी और ख़ून बस उतने, जितने चाहिए, और क़ाश्तकार का
ईमान सबसे ज़रूरी
वरना सिंचित ज़मीन भी बीड़ निकले
उस हिन्दू शिक्षक की निष्ठा देखो जिसने मुसलमान बच्चे को हिन्दू सहपाठियों
से थप्पड़ मरवाए
अपनी बुनियादी-लगभग किसानी भूमिका को लेकर कितनी प्रतिबद्ध थी वो
कि अफ़सोस का एक रंग नहीं
और तुम्हारे पास सिवाय अफ़सोस के कुछ नहीं
क्या बोया तुमने जो उन हिन्दू बच्चों में बीजी घृणा के मुक़ाबिल हो
उन थप्पड़ों की अनुगूँजों को ढक सके जो बजती रहेंगी उस मुसलमान बच्चे
के कानों में
उस मास्टरनी ने बच्चों को बच्चों के सामने ज़लील करने के सदियों से स्वीकृत
शिक्षाशास्त्र में जोड़ा एक नया वरक़
उसकी ख़्वाहिश मंसूब होगी एक बच्चे की ज़िल्लत और दूसरे बच्चों की
बेहयाई से पता था उसे
एक अच्छा, कर्तव्यपरायण और अब से बेदाग़ जीवन जीते हुए
पूरी उम्मीद कर सकती है वो कि फलेगी-फूलेगी उसकी बीजी हुई फ़सल
वहीं उसकी घृणा का क्या जवाब रहा तुम्हारे पास, व्यक्तिगत नैतिकता और
एक लिबलिबे-लचर लोकतंत्र के अलावा
कल-की-कल देखेंगे पर आज हम एक पौधा भी ना बचा सके, भविष्य के
जंगल में उसकी मर्दुमशुमारी की बातें क्या करें।।

इलाहाबाद!

एलियट ने
शेक्सपियर को
शेक्सफियर लिखा
तो उसे वर्तनी दोष मान
दुरुस्त कर दिया एक संपादक ने

वैसे ही जैसे मुझ अदना कवि के
'दोख' लिखने पर 'दोष' मढ़ दिया

कहने को कविता ही थी
पर मेराज-ए-सुख़न ख़ून हुई

शहर-ए-महब्बत भी एक कविता है
ऊबड़-खाबड़-बंजर-वीरान
मसाफ़-ओ-जीस्त से पुर
और ये भी एक सम्पादक हैं,
        जो मेरे शहर को इलाहाबाद से बदलकर
प्रयागराज लिख रहे हैं

नशा है उन्हें इतिहास के सम्पादन का
जिन्हें पूरा जिस्म नहीं
        बस उसका तसव्वुरी भ्रूण चाहिए

पर जो प्रयागराज जंक्शन पर
मेरा शहर ख़ून हुआ
मेरी कविता पटरियों पर आई

मेरे बचपन के अलसाए कुहरे
फ़ना हुए उनका क्या?

वह ट्रेन जिसे अलसुब्बह
        इलाहाबाद पहुँचाना था
अजनबी अँधेरों में भटक गई
और यूँ नाज़िल हुई मुझपर
'अनिश्चितकालीन' की सर्द-सीलती हुई रात

इलाहाबाद! ओ वतने-यारां इलाहाबाद!
हम अब सदा के लिए
        आउटर पर खड़े हैं।

वो-वही, जो कत्थई जैकेट पहने...

पीले पत्तों से
नहाए हैं पेड़
ज़र्द पत्तों से भरे हैं रास्ते
पिछले जनम की याद सा नीला है आसमान
जिस पर गुलाबी धारियाँ हैं
        उतरी हुई त्योरियों जैसी
हवा की लहर आती है-जाती है
कुड़मुड़ाते हैं क़दमों के नीचे सूखे हुए रास्ते
नंगे पेड़ की डाल पर
टँगा है चाँद
एक भूरी सतह पर उगे हैं पहाड़,
इन सबके बीच
कौन है ये जिस पर
        होने के साथ-साथ इज़हार की भी मजबूरी है?
क्षितिज पर उगी नारंगी घास ने कहा
वो-वही,
जो कत्थई जैकेट पहने
अपनी लड़की के साथ बैडमिंटन खेल रहा है

वक़्त की तश्तरी पे भी देखो
क्या अजब खेल चलते हैं
लहक उठती है एक बच्ची की हँसी
        औराक़-ए-मुसव्वर जिगर मलते हैं

ऐसे में कभी-कभी कविता होती है
तो कभी बेदीद-ओ-लम्स छूट जाती है
बस छूट जाती है...

इदं त्वं!

[हिमाचल में 2023 की बारिश में हुए विध्वंस पर]

गुएर्निका की भुतही वास्तविकता देखकर
गेस्टापो के अफ़सर ने पूछा था पिकासो से
ये तुम्हारा किया धरा है?
पिकासो ने तपाक से जवाब दिया था,
नहीं, तुम्हारा!
वैसे ही जैसे प्रकृति के इस भयाक्रांत कर देने वाले म्यूरल को
जिसमें हैं
हरे-भरे आसमान से
टूट कर कीचड़ में धँस गए चाँद-तारे
पहाड़ों का उगला हुआ मवाद
नदियों की थूकी हुई उल्काएँ
बादलों की फोड़ी हुई गागरें
घुटने उतरे हुए घाटियों के
गाद से भरी हुई खड्डें
घुटी हुई प्रवाह की हर सम्भावना
विराट मलबे में बदली हुई पर्वत-मालाएँ,
उखड़े हुये पेड़ों का रस
मिट्टी-गारे की थमी हुई गंध से सना हुआ,
लहू के थक्कों
अराजक पानी के उत्थित अमर्ष से लसलसाई हुई
पिस कर भीषण चट्टानों के तले चूरा
हुई धरती,
जीवन की अवशिष्ट महक
और मृत्यु की महा-मूर्छना,
देखकर,

हरित-ऊर्जा के अलम्बरदार
जागरूक-विकासवादी गुंडे ने
धमककर पूछा
ये तुम्हारा किया धरा है?
बतर्ज़ पिकासो झट बोल पड़ी क़ुदरत
नहीं, तुम्हारा!
इदं त्वं असि, राजन!
इदं त्वं!
हर बार की तरह इस बार भी
इट्स ऑन यू!
ओनली यू!

मुख़्तसर

[नए साल की नज़्म]

मुख़्तसर सा आसमाँ
मुख़्तसर सी ज़मीं
मुख़्तसर सी चाहतें
मुख़्तसर सा यक़ीं

मुख़्तसर से अफ़साने
मुख़्तसर से नज़राने
मुख़्तसर सा भरोसा
मुख़्तसर सी पहचानें

मुख़्तसर सा ग़ुरूर
मुख़्तसर सा सुरूर
मुख़्तसर से दोस्त-यार
मुख़्तसर से हुज़ूर

मुख़्तसर सी किताबें
मुख़्तसर सी जुराबें
मुख़्तसर सी सुराहियाँ
मुख़्तसर सी शराबें

मुख़्तसर सी शायरी
मुख़्तसर सुख़नवरी
मुख़्तसर से मसअले
मुख़्तसर चारागरी

मुख़्तसर सी रौशनी
मुख़्तसर सी तीरगी
मुख़्तसर से रास्ते
मुख़्तसर सी तिश्नगी

मुख़्तसर मौज-ऐ-सुकूँ
मुख़्तसर दौर-ऐ-सुबू
मुख़्तसर बेचैनियाँ
मुख़्तसर सा हाओ-हू

मुख़्तसर से मरहले
मुख़्तसर से फ़ैसले
मुख़्तसर सी मंज़िलें
मुख़्तसर से हौसले

मुख़्तसर सी है दुआ
के मुकम्मल हो मुख़्तसर
बदलती तारीख़ है
सबको मयस्सर हो मुख़्तसर

मनोहरपुर, अयोध्या, पच्चीसवीं बरसी और कुछ दीगर बातें

लो आ पहुँची बरसी, वो भी पच्चीसवीं
ग्राहम और उसके नाबालिग पुत्रों फिलिप और टिमोथी की मौत की
इस बीच बुलंद हुआ न्याय का वक़ार
परवान चढ़े दावे विश्वगुरुता और वसुधैव कुटुंबकम् के
अपनी त्वचा में ख़ूब सुरक्षित हुआ धर्म
साम्प्रदायिकता, हिंसा-उससे जुड़ी बेशर्मी हुई दीगर बातें
समाज की भावना या कहें संख्या-संस्तुत आस्था हुई बुनियादी
ईंट से ईंट बजी शेष सभी बुनियादों की
मनोहरपुर की उस भूमि पर जहाँ जलाई गई वो स्टेशन-वैगन
क्या उस जगह भी बना कोई मन्दिर?
ढाँचा हो ही गई थी जलने के बाद वह भी
और गिरने-जलने के बाद हर ढाँचा विवादित ही तो होता है
शायद हाँ...हाँ वहीं बना मन्दिर
ये क्या? ये कैसे-कैसे खेल खेल रहा है दिमाग भी
कि गड्ड-मड्ड हो रही हैं तिथियाँ-व्यक्ति-घटनाएँ-जगहें
छह दिसम्बर या तेईस जनवरी फादर स्टेंस या फादर बुल्के मनोहरपुर या अयोध्या...
बस-बस!
ऊपर दी गुड़गुड़ दी एनेक्सी दी बेध्याना दी मूँग दी दाल ऑफ़ दी पाकिस्तान एंड हिन्दुस्तान ऑफ़ दी दुर्र फिट्टे मूँह
ये देख कि जब रेशे-रेशे उधड़ गए कुछ तो साबुत बचा
        ताश का महल-तुरुप के इक्के की प्रतिष्ठा!
        फिर भी जाने क्यूँ जलती हुई जीप का मंज़र ही याद है तुझे
उस बात को तो अब बत्तीस साल हो गए
        अरे मेरा मतलब है पच्चीस साल-याने बाईस साल
मतलब पिचहत्तर साल...

एक परित्यक्त पुल का सपना

इलाहाबाद-फ़ैज़ाबाद रेलवे लाइन पर
एक ममी सा रखा है परित्यक्त पुल
अपने पन्द्रह खम्भों पर लेटा हुआ
रोज़ देखता है सूर्यास्त भीष्म की तरह
नीचे बह रही अपनी माँ से पानी माँगता है

कभी रेल के थर्राने से किसी तार सा काँपता था
जलतरंग सी बज उठती थी नदी की देह
देर तक थामे रहता था लय को
जैसे गुम्बदों में घुँघरुओं के स्वर
सुबह-सुबह राग-बिलावल छेड़ते निकलती गंगा-गोमती
शुद्ध-स्वरों की स्वरमालिका के मोती
नदी के वक्ष पर बिखर जाते दूर-दूर
दूसरी तरफ़ ब्रॉडगेज़ रेलवे लाइन के ऊपर
व्यस्त सड़क पर गुज़रता रहता
अवध का घना कारवाँ पीठों पर समय की उमस उठाए

मटियाले जल पर पड़ती परछाइयाँ मानो दुआएँ देती
ये पुल अमर होगा-इस पुल को नदी का असीस है

अपने झरोख़ेदार नयनों से देखता नदी के किनारों को
बढ़ते हुए शहर को देख कैसा पुलक उठता था उसका मन
ये शहर इलाहाबाद वह उसका दूसरा सबसे पुराना पुल
अपने मज़बूत गर्डरों पर आसमान उठाए
यातायात के दो-रूपों का हुनर पहने

शाबाश इलाहाबाद! कहता
वह ख़ुश-बाश पुल!

उसने कहाँ सोचा था
कभी उन्मादियों का एक हुजूम पार होगा उससे
वह जोड़ने का नहीं-बाँटने का ज़रिया बनेगा
ताँबई उर्मियाँ जो उसके खंभों से लगकर
छुपम-छुपाई खेलती आई हैं
धीमे-धीमे एक बोझल बहाव में फँसकर
बूढ़ी और बीमार हो जाएँगी
जवान होता शहर
नदी को जबड़ों में कस लेगा
गंगा-गोमती को मिल जाएगा
एक दूसरा ट्रैक
और कारवाँ चुन लेंगे एक नई सड़क
विपत्ति और विलम्ब का एक नया गलियारा

स्थिर हो जाएगी उसकी छाया नदी पर
नदी भी स्थावर हो जाएगी धीमे-धीमे
ज़िला फ़ैज़ाबाद समा जाएगा अयोध्या में
और इलाहाबाद बन जाएगा प्रयागराज

वह ख़ुद हो जाएगा परित्यक्त,
त्याज्य, निषिद्ध, अनुपयोगी
हवा में लटके बुर्ज की तरह
अपने किले के स्थगित वर्तमान से झूलता हुआ

सुबो-शाम की टहल की जगह
एक कोरा परिप्रेक्ष्य नदी पर
सरकार-बहादुर जिसे एक स्काईवॉक
या गंगा पर बने हवाई-संग्रहालय में बदल देना चाहती है
ये उसको ना ढहाए जाने की कीमत है
की पुल का पुलिन से सम्बन्ध ख़त्म कर दिया जाए!

वही पुल
रोज़ रात रसूलाबाद घाट पर
जलती चिताएँ देखता देर तक जागता रहता है
सोचता है काश उसके नसीब में भी ऐसा ही दाह होता
वह भी दिन-पर-दिन दुर्बल होती अपनी माँ का हश्र
देखने से बच जाता
कभी ममता से भरकर अपने नीचे लगी
किसी भटकी हुई नाव पर
या छोटे-छोटे टापुओं पर किल्लोल कर रही
नहा रही या सद्यस्नात श्यामल भैंसों पर
छायावसन फेंकता है
बतियाता है आज ही कल में बुज़ुर्ग हुए नालों से
दिन-चढ़े स्मैक के नशे में धुत्त नौजवानों को
लाठियों की मार से छुपाता है

कभी जब नींद आ जाती है उसे
वह देखता है बस एक ही सपना
कि दुनिया के सभी पुल अपनी भूमिका में बने हुए हैं
पुल को नहीं चाहिए पुल से बड़ी कोई पहचान
सूखी हुई नदी पर भी अकेले खड़े पुल की
इतनी ही कामना होती है कि
हरी-भरी रहे नदी-भरी-भरी रहे डगर
किनारों में बना रहे बहनापा

पुल देखता है यही सपना कि वह
साधन से इतर कुछ भी और नहीं होना चाहता

भाषा के, सम्बन्धों के, समाजों के,
समुदायों के बीच के पुल दीर्घायु हों
और यही नहीं
सतत व्यवहार में रहें

पुल देखता है बस यही एक सपना
जब कभी आँख लग जाती है उसकी।